STURM der LIEBE

Johanna Theden

STURM der LIEBE

OP HOOP VAN ZEGE

LANNOO

www.lannoo.com
Registreer u op onze website en we sturen u regelmatig een nieuwsbrief met informatie over nieuwe boeken en met interessante, exclusieve aanbiedingen.

LANNOO

Oorspronkelijke titel: Guter Hoffnung
Oorspronkelijke uitgever: CORA Verlag
Tekst: Johanna Theden
Vertaling: Anja De Lombaert
Coverbeeld: ARD
Coverontwerp: Studio Lannoo
Vormgeving: Mediactief

VTM BOOKS® is a trademark of MEDIALAAN – licensed by MEDIALAAN/CPL.
www.vtm.be/vtmbooks

Als u opmerkingen of vragen hebt,
dan kunt u contact opnemen met onze redactie:
redactielifestyle@lannoo.com

D/2013/45/233 – NUR 343
ISBN 978 94 014 1007 6
Derde druk

1

Sandra kon haar ogen niet geloven. Lukas stond in het park een andere vrouw te kussen! Ze stond even aan de grond genageld, maar herstelde zich toen, maakte rechtsomkeert en liep snel weer in de richting van het hotel. Lukas en Mia hadden haar niet eens gezien.

'Je bent toch niet zo laf als ik dacht', zei Mia uitdagend nadat ze zich had losgemaakt van Lukas. 'Dat was geen slecht begin. Misschien moeten we nog een keer oefenen...' Hij glimlachte.

'Ik vind dat er hier een beetje te veel toeschouwers rondlopen', zei hij en hij nam haar bij de hand. Ze volgde hem naar zijn woning.

Maar toen de twee kussend de slaapkamer naderden, liet Lukas haar plotseling los.

'Ik kan het niet', fluisterde hij. 'Wees alsjeblieft niet boos, maar... Ik voel me er niet goed bij.' Mia slikte.

'Ik dacht dat je geen lafaard was', zei ze toen en ze probeerde opnieuw met hem te flirten. Zo snel gaf ze het niet op.

'Ik wil het gewoon niet', zei hij toen ernstig. 'Ik ben er nog niet klaar voor.'

'Heeft dit weer met je ex te maken?' kreunde Mia. Hij knikte zwijgend. Ze was duidelijk beledigd. 'Als jij denkt dat het zin heeft om om haar te blijven treuren...' Hij haalde bedrukt zijn schouders op. 'Wil je echt dat ik ga?' probeerde ze hem nog één keer om te praten.

'Ja, het spijt me.' Mia trok haar neus op en verliet dan zonder nog een woord te zeggen de woning.

Slechtgehumeurd ging ze naar de bar en ze bestelde een glas witte wijn. Simon, de manager, bediende haar. Omdat het hotel door de griepepidemie met een personeelstekort kampte, had hij even zijn oude functie weer opgenomen.

Ook Nils Heinemann liep naar de bar en bestelde twee flessen water. Toen zag hij Mia zitten. Hij begroette haar vriendelijk.

'Nogmaals bedankt', zei hij tegen haar. 'Voor de foto's en om te zwijgen.' Dankzij Mia was Katja's dekmantel niet ontdekt.

'Het is al goed.' Ze maakte een wegwuivend gebaar.

'En? Hebt u al vorderingen gemaakt wat Lukas Zastrow betreft?' Mia snoof minachtend.

'We hebben gekust, hij heeft me meegenomen naar zijn huis... Maar toen besefte hij plotseling weer dat hij nog altijd smoorverliefd is op zijn ex. En dus heeft hij me eruit gezet.' Simon probeerde van een afstandje alles te volgen.

'En dus geeft u het op?' vroeg Nils.

'Wat moet ik anders doen?' vroeg Mia zuchtend en ze nam een grote slok witte wijn. 'Lukas is nog verknocht aan zijn ex. En dat is best wel lief... Ik zou toch nooit méér hebben betekend dan wat afleiding van zijn liefdesverdriet.' En daarin had ze geen zin.

Sandra lag ondertussen snikkend op haar bed. Maar wat had ze dan verwacht? Dat Lukas een heel leven lang naar haar zou blijven smachten en alleen bleef? Ze had alleen niet verwacht dat hij zich zo snel zou laten troosten... En ze wilde hem net voorstellen stiekem een relatie te hebben. Zodat zijn moeder het niet zou weten. Zo lang had hij blijkbaar niet kunnen wachten.

Even later kwam Simon op bezoek en hij vertelde Sandra wat hij aan de bar had opgevangen. Namelijk dat er niets was gebeurd tussen Lukas en die Mia, omdat Lukas nog te veel van Sandra hield.

'Hij houdt nog altijd veel van je', stelde Simon vast. 'Waarom doe je nu niet wat je van plan was? Jij houdt toch ook nog van hem?'

'Ja, maar...' Sandra was ondertussen alle hoop verloren. Het was onmogelijk om in het Fürstenhof iets geheim te houden, zeker niet voor Lukas' moeder. 'Als we stiekem weer een relatie beginnen...' Sandra schudde haar hoofd. 'Ze komt het vast te weten en dan zorgt ze ervoor dat haar eigen zoon achter de tralies vliegt. Lukas en ik hebben alleen nog een toekomst samen als de echte dader wordt opgepakt.'

'Maar de politie doet toch geen moeite meer', antwoordde Simon. 'Voor hen staat vast dat Rosalie zelfmoord probeerde te plegen.'

'Alleen als ze ontdekken dat Lukas' alibi vals is, zullen ze het onderzoek heropenen.' Sandra klonk fatalistisch. Ze zou nooit kunnen bewijzen wat er toen werkelijk was gebeurd. Waarom ontwaakte Rosalie niet gewoon? Dan konden alle vragen worden beantwoord. 'Waarschijnlijk is het echt het beste dat Lukas vertrekt. Dan is alles voorbij. En misschien doet het ooit minder pijn.'

Michael had Tanja de oren van haar kop gezeurd dat hij ervan overtuigd was dat ze nog wat voor hem voelde. En hoezeer ze ook protesteerde, hij bleef het volhouden.

'Jij verlangt nog net zo erg naar mij als ik naar jou', hield hij vol. 'Waarom geef je nu niet eindelijk toe wat je echt denkt?!'

'Omdat er niets toe te geven valt!' beweerde ze. 'En ga nu alsjeblieft! Ik kan niet meer.'

'Zal ik je eens iets vertellen?' snoof hij. 'Voor mij geldt net hetzelfde. Ik kan zo ook niet meer verder.'

'Ik ben een getrouwde vrouw.' Tanja klonk vertwijfeld. 'En ik hou van Nils!'

'Is dat echt zo?' drong Michael aan. Ze knikte. Hij legde zijn hand op haar schouder. 'Denk je dat je zo echt gelukkig wordt?' Ze stond in tweestrijd. Maar nog voor ze hem een antwoord kon geven, kwam Nils thuis. De fitnesstrainer merkte meteen dat er een gespannen sfeer tussen de twee heerste.

'Stoor ik?' vroeg hij.

'Nee', antwoordde Tanja snel. 'Michael wilde net vertrekken.' Nils fronste zijn voorhoofd. 'We hadden even onenigheid over Fabien. Meer niet.'

'Waarover ging die onenigheid dan?' wilde Nils weten zodra de dokter weg was.

'Ach...' Tanja dacht koortsachtig na. 'Over Fabien. Michael wil morgen per se met hem gaan voetballen terwijl dat niet afgesproken was.'

'En?' vroeg haar man verwonderd.

'Dat gaat niet. Hij moet zich aan de afgesproken bezoekregeling houden', zei ze. Nils keek haar bedenkelijk aan.

'Maar jij bent ziek!' zei hij. Tanja was inderdaad nog altijd sterk verkouden. 'Jij kunt morgen toch niets met de jongen doen. Fabien zou het toch leuk vinden dat hij mag gaan voetballen? En ondertussen kun jij rusten.' Tanja voelde zich in het nauw gedreven en werd koppig.

'Nog één keer: we hebben een bezoekregeling afgesproken. Voor een kind met de leeftijd van Fabien is het belangrijk dat hij zijn vader regelmatig ziet, maar niet alleen als dat de welwillende papa uitkomt. En nu zou ik graag van onderwerp veranderen.' Nils gaf zich voorlopig gewonnen.

Charlotte had Alfons verteld wat Cosima van plan was. Haar aartsvijandin wilde Werner als manager inzetten nu Lukas Zastrow zijn ontslag had gegeven. En Charlotte wist niet wat ze daarvan moest denken.

'Cosima heeft ons haar ware gezicht al een keer getoond...' zuchtte ze. 'Ik geloof niet dat ze nu ineens vriendschap heeft gesloten met Werner. Er zit iets anders achter.'

'Als ze bij hem een wit voetje haalt, zou jij weleens heel snel buitenspel kunnen staan', waarschuwde Alfons haar. Charlotte vreesde hetzelfde.

'Cosima wil Werner en mij tegen elkaar uitspelen', vermoedde ze.

'Denk je dat hij het zou toelaten dat ze een wig tussen jullie drijft?' vroeg Alfons.

'We kennen Werner toch.' Charlotte maakte zichzelf niets wijs. Haar ex-man was nooit vies geweest van louche zakenpraktijken. 'Maar de bank heeft mij niet voor niets als directrice aangesteld. Ik draag de verantwoordelijkheid als er iets misloopt.'

'Zouden ze hun goedkeuring wel geven?' wierp Alfons op. Misschien wilde de bank niet dat Werner Saalfeld manager van het Fürstenhof werd nadat ze hem eerst als directeur hadden ontslagen.

'Wat zouden ze erop tegen hebben?' vroeg Charlotte. Lukas Zastrow heeft zelf gevraagd zijn contract onmiddellijk te ontbinden. En zijn moeder stemde ermee in. 'Simon kan die taak niet alleen aan.' Werner was eigenlijk de enige kandidaat om Lukas te vervangen, hoeveel maagpijn dat Charlotte ook bezorgde.

'Wil je er niet nog eens over nadenken?' vroeg Cosima ondertussen aan haar zoon.

'Er is niets meer om over na te denken', mopperde Lukas.

'En dat allemaal door dat domme bloemenmeisje', zei ze bits.

'Ze heet Sandra!' Lukas klonk geïrriteerd.

'Je vergooit gewoonweg al je carrièrekansen...' Maar hij hield het geen dag langer uit op het Fürstenhof. 'Maar je bent wel verantwoordelijk voor Rosalie', wees zijn moeder hem terecht. 'Je beheert haar aandelen.' Hij knikte. 'Heb je daaraan al gedacht? Als je wilt, kan ik die verantwoordelijkheid natuurlijk van je overnemen.'

'Dat zou je wel willen', antwoordde hij minzaam.

'Ik bied je toch alleen maar mijn hulp aan', beweerde ze beledigd. 'Als jij hier niet meer bent...'

'... wil dat nog niet zeggen dat ik niet meer besta', vulde hij haar zin aan en voegde er nog aan toe: 'Als er belangrijke beslissingen moeten worden genomen, kunnen meneer Saalfeld en jij me altijd bellen.'

'Als jij dat zo wilt.' Cosima probeerde haar ontevredenheid te verbergen. 'Hoe gaat het nu met Rosalie? Nog altijd geen verandering in haar toestand?'

'Nee, geen enkele verandering.' Lukas zuchtte. 'Ik heb gisteren nog met de dokter gesproken en hij had weinig hoop dat ze ooit nog zal ontwaken.' Hij had er geen vermoeden van dat dat het beste nieuws was dat zijn moeder kon krijgen...

Ben had post gekregen van zijn moeder. Barbara had hem een brief geschreven vanuit de gevangenis, waarin ze schreef hoe erg ze hem miste. Ze had nooit eerder zo bedroefd geklonken in haar brieven. Ben was terneergeslagen. Medelevend legde Katja haar arm om haar heen. Ze zaten bij hem thuis en het zou nog even duren voor Simon thuiskwam. Daarom hoefde ze even niet Kai Krone te spelen.

'We vormen een geweldig stel...' Ben klonk verbitterd. 'Moeder en vader zitten in de gevangenis...' Katja knikte bedrukt. Ben kon zijn moeder tenminste nog bezoeken in de gevangenis. Zij kon zich niet vertonen bij haar vader, want dan zou men haar meteen aanhouden.

'Ik had veel vroeger een voorbeeld moeten nemen aan Nils', zuchtte ze. 'Hij heeft zijn leven onder controle.' Ze zou zo graag een normaal leven leiden! Samen met Ben, in een eigen huis... 'Maar zolang mijn misdaden niet verjaard zijn...' Ben nam haar liefdevol in zijn armen. Natuurlijk wilde hij ook dat ze het gemakkelijker hadden. Maar hij hield van Katja. En als ze zich nog even moesten voordoen als homostel om samen te kunnen zijn, dan deed hij dat graag.

's Avonds lag Sandra in bed en ze luisterde naar *Without you*, het lievelingslied van Lukas en haar. Waarom konden ze er niet gewoon samen vandoor gaan? En ergens, waar niemand hen kende, samen gelukkig zijn? Maar dan zou Lukas' moeder meteen haar dreigement uitvoeren. En dan zouden ze voor altijd op de vlucht zijn... Het had geen zin, Sandra moest het eindelijk aanvaarden. Hoe sneller Lukas hier verdween, hoe sneller ze hem vergeten zou zijn. Geen liefde was zo sterk om zo'n boosaardige schoonmoeder te overleven.

Ook Lukas luisterde voor de laatste maal naar het liedje dat hem met Sandra verbond. En ook hij voelde dat hij haar moest vergeten als hij niet voor altijd ongelukkig wilde blijven. Hij nam de cd uit de cd-speler en brak hem in tweeën. Morgen zou hij het Fürstenhof voor altijd verlaten.

De volgende ochtend ging hij al vroeg naar de serre. Hij trof er Sandra aan, die in gedachten verzonken de blaadjes streelde van de jonge plant die hopelijk zou uitgroeien tot een Ludovika-orchidee.

'Ik kom afscheid van je nemen', zei hij zacht. Ze knikte. Ze wist dat hij vandaag zou vertrekken. 'Ik hoop dat je gelukkig wordt...' zei hij. Hij had het moeilijk, maar hij stak zijn hand naar haar uit en glimlachte dapper naar haar. Sandra aarzelde. Toen ademde ze bevend uit en greep zijn hand.

'Ik wens jou ook veel geluk', fluisterde ze. De twee keken elkaar in de ogen en ze deden allebei hun best de toenemende vertwijfeling voor de ander te verbergen. Ten slotte trok Sandra haar hand terug. Ontgoocheld vertrok Lukas... Hij draaide zich niet één keer meer om. Sandra zakte trillend in elkaar en weende stilletjes.

Ze was naar haar kamer gevlucht. Simon kwam binnen en nam haar in zijn armen. Hij had net gehoord dat Lukas dezelfde dag nog het Fürstenhof zou verlaten.

'Het is beter zo', zei Sandra snikkend en ze trilde over haar hele lichaam. Ze probeerde zich dapper te beheersen, maar ze hield het niet langer uit. 'Ik weet gewoon niet hoe ik zonder Lukas verder moet! Als ik hem niet meer zie... Ik dacht dat ik het wel kon, Simon, maar... Het is vreselijk!'

'Ik weet het...' zei haar neef en hij bleef haar in zijn armen houden.

'Ik ben hem voor altijd kwijt. En ik voel me zo verschrikkelijk.' Sandra klampte zich aan Simon vast en huilde bittere tranen. En hij staarde nadenkend in het niets.

'Heb je hier heel goed over nagedacht?' Michael wilde zijn vriend en huisgenoot niet kwijt. Maar niets kon Lukas hier nog houden. Zijn meubelen zou hij voorlopig bij Michael laten staan en alleen het hoogstnodige meenemen.

'Moet ik dan toezien hoe Sandra met haar nieuwe liefde zit te flikflooien?' bromde hij. Michael begreep hem heel goed.

'Ik beleef net hetzelfde.' Hij vertelde Lukas dat hij Tanja de vorige dag nog een keer ter verantwoording had geroepen en dat ze opnieuw had beweerd dat ze alleen maar vrienden waren.

'Wat verwacht je dan van haar?' vroeg Lukas.

'Ze moet eindelijk toegeven dat ze van me houdt!' riep dokter Niederbühl.

'Misschien moet jij eindelijk aanvaarden dat ze gehuwd is!' zei Lukas vastberaden. 'Met Nils Heinemann, en niet met jou. Je kunt toch niet verwachten dat ze haar man, met wie ze net is getrouwd, bedriegt met jou, of wel?'

'Jij hebt Rosalie toch ook net na jullie huwelijk bedrogen met Sandra?' reageerde Michael geërgerd.

'Wacht eens even! Bij ons stonden de zaken er heel anders voor dan bij Tanja en jou!' Michael zuchtte en plofte neer op de bank. Hij wist zelf ook niet meer wat hij moest doen. 'Ook al doet het pijn, je moet beseffen dat het geen zin meer heeft te vechten voor Tanja. Je kunt niemand dwingen van je te houden.' Lukas wist waarover hij het had, want hij had ook al geprobeerd Sandra voor het blok te zetten. Zonder succes.

Tanja dronk ondertussen een kop thee met Hildegard. Mevrouw Sonnbichler informeerde naar dokter Niederbühl. 'Wat zou ik over hem moeten vertellen?' Het kamermeisje voelde zich betrapt.

'Heeft hij niet met je gesproken?' vroeg Hildegard verwonderd. 'Hij was nogal boos toen hij hoorde dat ik Fabien zou halen en je dat niet aan hem had gevraagd...'

'Ja, ik heb hem gesproken', onderbrak Tanja haar snel. 'Beter gezegd, met hem ruzie gemaakt. Omdat hij me weer vroeg of ik niet nog wat voor hem voelde.'

'En?' Hildegard keek haar onderzoekend aan.

'Ik heb natuurlijk nee gezegd', zei Tanja.

'Maar hij geloofde je niet?' drong mevrouw Sonnbichler aan.

'Hij moet het eindelijk eens inzien. Ik ben met Nils gehuwd.' Het kamermeisje hield zich sterk. 'En ik wil mijn huwelijk niet op het spel zetten. Ik ben... gelukkig.' Hildegard Sonnbichler was het helemaal eens met Tanja en gaf haar een aanmoedigend schouderklopje. 'Ach, mevrouw Sonnbichler...' Tanja zag er plotseling compleet vertwijfeld uit. 'Toen ik naar hier kwam... Ik wilde zo graag Fabiens vader vinden. Ik wilde dat we verliefd werden op elkaar en een heel normaal, gelukkig gezinnetje werden. En toen kwam Nils. En daarna Michael. En nu is alles zo ingewikkeld.'

'Zolang jij maar weet wat je wilt...' zei mevrouw Sonnbichler. Tanja slikte.

'Dat weet ik', beweerde ze toen en ze rechtte haar schouders. 'En Michael... Ooit zal hij wel inzien dat het geen zin heeft.'

2

Charlotte had meneer Fuchs van de bank gesproken en hij had er geen bezwaar tegen om Werner tot manager te benoemen. Daarom had ze Werner en Cosima bij zich geroepen en ze overhandigde haar ex-man een arbeidscontract.

'Het Fürstenhof ligt ons allemaal na aan het hart', zei Charlotte nadat het contract door iedereen was ondertekend. 'Het is het huis waarin ik ben opgegroeid, waarvan Werner een bloeiend hotel heeft gemaakt... Ik hoop op een goede samenwerking.'

'Daarop kun je rekenen', verzekerde Werner haar.

'Dankzij Cosima's inzet zijn we er toch in geslaagd tot de beste luxehotels te worden gerekend', ging ze voort. 'We moeten er alles aan doen om die positie te behouden.'

'We zullen die positie niet alleen behouden, we zullen nog vooruitkomen', zei Werner. Hij had er het volste vertrouwen in dat vanaf nu betere tijden aanbraken voor het Fürstenhof. En ook Cosima was het ermee eens.

'Ook ik hoop op een goede samenwerking', zei ze huichelachtig. 'En ik zou het heel fijn vinden dat we de strijdbijl konden begraven.'

'Dat doe ik met veel plezier.' Werner glimlachte naar haar, maar hij geloofde haar niet voor de volle honderd procent.

En ook Charlotte wist nog altijd niet wat ze van haar exman moest denken. Ze liet Simon bij zich komen.

'Werner heeft zijn contract ondertekend', vertelde ze hem.

'Die oude schurk doet dus weer mee.' Simon was duidelijk blij dat hij niet alleen verantwoordelijk zou zijn voor het management van het hotel. Charlotte had wel nog een opdracht voor hem.

'Ik vertrouw Cosima niet', zei ze. 'En Werner eet op dit moment uit haar hand. Zij heeft ervoor gezorgd dat hij weer wat te zeggen heeft. Dat is alles wat voor hem telt. Ik kan dus ook Werner op dit moment niet vertrouwen.' Ze vroeg Simon hem een beetje in de gaten te houden. 'Ik weet dat ik veel van je verlang. Werner is je oom en jij bent zoals een zoon voor hem. Maar ik ben bang dat ik door die twee buitenspel zal worden gezet.' Simon voelde zich niet op zijn gemak. 'Ik zou het je niet vragen als ik een andere oplossing had', voegde ze er nog aan toe. 'Ik heb je hulp nodig...'

Het kookboek kreeg stilaan vorm. Hildegard genoot ervan samen met André aan de recepten van haar grootmoeder te werken.

'Alles loopt gesmeerd', vertelde ze Alfons. Ze was niet langer bang dat André haar op een of andere manier wilde belazeren. 'En één ding mag gezegd worden: hij is een uitstekend kok. Veel recepten herken je nauwelijks meer. Hij heeft ze echt in een nieuw jasje gestopt.' Alfons hoopte van harte dat zijn vrouw succes zou hebben met het kookboek. Maar hij was er nog niet zo zeker van of André Konopka wel te vertrouwen was. Dat zou de toekomst nog moeten uitwijzen...

Nils had Tanja kunnen overhalen samen met hem een wandelingetje te maken in het park bij het hotel. De frisse lucht zou haar goeddoen, dat wist hij heel zeker. Maar buiten liepen ze uitgerekend dokter Niederbühl tegen het lijf. Nils begroette hem vriendelijk en sprak hem aan.

'Ik weet dat u vandaag graag was gaan voetballen met Fabien...' Michael keek hem vreemd aan. 'En het spijt me dat Tanja het niet toelaat. Ik vind dat jullie het moeten uitpraten.'

'Dat doen we nog wel, bij gelegenheid', zei Tanja snel. Ze was een beetje nerveus en wilde weg. Maar Nils was nog niet klaar. Hij stelde voor dat dokter Niederbühl even met haar meewandelde.

'Dan kunnen jullie alles rustig bespreken', zei hij te goeder trouw. 'Het is toch ook in Fabiens voordeel dat zijn biologische ouders elkaar niet voortdurend in de haren vliegen?' Michael keek Tanja onzeker aan.

'Als jij er niets op tegen hebt...' begon hij voorzichtig. Ze kon niet anders dan toegeven. Maar ook Michael was er met zijn gedachten niet helemaal bij. En toen zijn telefoon rinkelde en een patiënt om een huisbezoek vroeg, deed hij tegenover Nils en Tanja snel alsof het om een noodgeval ging en hij meteen weg moest. Het kamermeisje haalde opgelucht adem.

'Spijtig', zei Nils ontgoocheld. 'Maar dat maken jullie later vast nog wel goed.'

's Middags kwam de taxi die Lukas zou wegbrengen. Zijn moeder begeleidde hem naar buiten.

'Groet de rest van het personeel voor me, alsjeblieft', vroeg hij haar. 'De mensen die pas vanavond moeten werken en... al de rest.' Ze knikte en deed alsof ze als moeder erg met hem meeleefde. Hij nam afscheid van haar met een afstandelijke kus op de wang en wenste haar het allerbeste.

'Dat wens ik jou ook', antwoordde ze. 'En beloof me dat je Sandra snel zult vergeten.' Hij perste zijn lippen op elkaar en wilde in de taxi stappen, maar net op dat moment kwam een van de hotelbedienden naar hem toe gerend.

'Meneer Zastrow!' Aan de receptie was een brief afgegeven voor hem. Een brief zonder afzender. Fronsend maakte hij de envelop open.

'Sandra houdt van u!' stond er. 'Ze is altijd van u blijven houden. En als u ook van haar houdt, blijf dan hier en vecht voor haar. Een vriend.' Verbijsterd liet Lukas de brief zakken.

'Wat is er?' vroeg Cosima onzeker. 'Moet je niet instappen?' Hij stond in tweestrijd en keek zijn moeder vertwijfeld aan. 'Wat is er dan?' vroeg ze een beetje geërgerd. Er verscheen een dromerige glimlach op zijn gezicht. 'Het moet wel iets indrukwekkends zijn als het je zo sprakeloos maakt', zei zijn moeder koel.

'Het ziet ernaar uit dat ik blijf.' Hij vouwde de brief beheerst op zonder dat zij er ook maar één blik op kon werpen.

'Je blijft?' herhaalde ze ongelovig. 'Wat krijgen we nu?'

'Laat maar, moeder...' Lukas was met zijn gedachten ergens anders.

'Eerst wil je halsoverkop alles opgeven en geef je je baan op, alleen omdat dat bloemenmeisje je de bons heeft gegeven,' begon Cosima boos, 'en nu krijg je een of andere geheimzinnige brief en besluit je plotseling weer te blijven?! Je maakt jezelf belachelijk!'

'Dat is mijn probleem.' Hij stopte de taxichauffeur een fooi toe, nam zijn koffer en liep naar het park. Wantrouwig zag zijn moeder hem na. Wat had dit nu weer te betekenen?

Lukas was weg. Sandra zat gehurkt in de serre en moest voortdurend een traan uit haar ogen wrijven. Ze durfde er niet aan te denken dat ze Lukas misschien nooit meer zou terugzien. Misschien had ze toch het risico moeten nemen en hem moeten vertellen dat zijn vreselijke moeder schuldig was aan dit alles. Maar nu was het te laat. Toen hoorde ze plotseling zacht geklop op het raam en ze keek op.

'Lukas!' Hij stond daar al een tijdje en had haar in de gaten gehouden. Hij liep de serre in. 'Ik dacht dat ik je nooit meer zou terugzien...' fluisterde ze. Hij liep naar haar toe, nam haar hand en keek haar diep in de ogen.

'Ik kan niet vertrekken zonder de vrouw van wie ik oneindig veel hou', zei hij zacht. 'Vooral niet omdat ik weet dat ze net zo erg als ik afziet. Ook al ontkent ze dat voortdurend.' Haastig trok ze haar hand los. 'Begin je nu weer?' zuchtte hij.

'Lukas... Het is voor altijd gedaan tussen ons.' Het kostte haar enorm veel energie zo tegen hem te liegen. En hij schudde alleen maar zijn hoofd.

'Ik heb ogen in mijn kop', zei hij kalm. 'Jij huilde daarnet. Als ik je onverschillig laat, zou je niet huilen.'

'Afscheid nemen is altijd moeilijk...' probeerde ze zich er nog uit te praten.

'Je hebt tijd nodig, oké.' Hij kon wachten. Maar hij zou het nooit opgeven.

'Ik zat al bijna in de taxi. Ik kreeg de brief op het laatste nippertje. Hier...' Lukas toonde Michael de anonieme brief. Dokter Niederbühl was natuurlijk erg blij dat zijn huisgenoot nu toch bleef.

'Dat is een merkwaardig toeval', zei hij nadat hij de brief had gelezen. 'Maar stel dat iemand een slechte grap met je uithaalt?'

'Wie dan?' vroeg Lukas. 'Mijn moeder niet. Zij zou het liefst van al willen dat ik haar de volmacht over Rosalies aandelen geef. Dat was in elk geval het eerste waaraan ze dacht toen ik haar mijn beslissing meedeelde.'

'Ik ben heel blij dat je blijft, maar...' Michael keek hem nadenkend aan. 'Je weet dat je hier niet alleen vrienden hebt.'

'Jij verdenkt die oude Saalfeld.' Hij was vast blij dat Lukas eindelijk uit de buurt van zijn dochter bleef. 'Maar het klopt wat er in de brief staat! Ik voel de hele tijd al dat Sandra nog wat voor me voelt.'

'Je lijkt er heel zeker van.' Dat was Lukas ook.

'Sandra huilde zelfs toen ze dacht dat ik was vertrokken.'

'Ik denk niet dat ze de brief zelf heeft geschreven', wierp Michael op. Lukas was het met hem eens.

'In elk geval heeft de briefschrijver of -schrijfster me op het juiste spoor gezet.' Zijn stem klonk vrolijk. 'Ik blijf tot Sandra eindelijk weer voor me kiest. Ik heb tijd.'

'Veel geluk', wenste zijn vriend hem. 'Je zult het nodig hebben.'

'Ik denk jij ook', merkte Lukas op. 'Tanja spookt nog altijd in je hoofd rond.'

'Meer dan me lief is', gaf dokter Niederbühl toe. 'Maar zij heeft nu eenmaal voor Nils Heinemann gekozen. En ze lijkt gelukkig met hem te zijn.'

'Dan kun je haar beter definitief uit je hoofd zetten', vond Lukas.

'Dat is niet zo gemakkelijk...' Je kon je gevoelens nu eenmaal niet zomaar uitschakelen.

Werner was in opperbeste stemming. Nu had hij officieel weer iets te zeggen in het Fürstenhof. Als manager. Heel tevreden toonde hij zijn broer het ondertekende contract. André was oprecht blij voor hem, maar hij was vooral met zichzelf en zijn kleding bezig.

'Vandaag worden namelijk de foto's gemaakt voor de cover van het kookboek', vertelde hij opgewonden. Hij had zo meteen een afspraak met de fotograaf.

'Dat is snel geregeld', zei Werner.

'Als je het me heel lief vraagt, krijg je misschien wel een gesigneerd exemplaar.' De chef-kok gaf hem een knipoog.

'Ach zo.' Werner lachte. 'De pottenroerder droomt al stiekem van roem en een eigen kookprogramma op tv. Mij allemaal goed. Zolang je je werk maar goed blijft doen.' Morgen zou de bestuursvergadering van een groot farmaceutisch bedrijf in het Fürstenhof plaatsvinden met aansluitend een groot banket.

'We hebben alles al voorbereid. Het menu ligt vast. En ik heb een ramp voorkomen.' Werner trok vragend zijn wenkbrauwen op. 'Een van mijn eierleveranciers zat met een salmonellabesmetting', legde André uit. 'Kijk nu niet zo, ik heb natuurlijk meteen nieuwe eieren van een andere leverancier besteld.'

'En de oude levering werd hopelijk volledig vernietigd?' vroeg zijn broer bezorgd.

'Dat staat boven op mijn lijstje.' André zou er zich straks hoogstpersoonlijk mee bezighouden.

Hildegard barstte bijna uit haar vel toen ze de keuken in kwam en zag dat de chef-kok volledig opgesmukt voor de fotografen poseerde. Hij had haar helemaal niets over deze afspraak verteld. Zij had toch net zoveel recht om op de cover te verschijnen als hij.

'U hebt tenslotte de recepten van mijn grootmoeder gebruikt!' zei ze boos.

'Wat een onzin', zei André minachtend. 'Ik heb die recepten van uw waardige oma nauwgezet aangepast, zodat ze vandaag de dag nog kunnen worden bereid.' Maar zo gemakkelijk raakte hij niet verlost van Hildegard. Ze wilde mee op de foto op de cover, en daarmee uit! 'Overdrijf nu niet zo! Die recepten waren alleen een bron van inspiratie, meer niet.'

'U probeert alweer de feiten in uw voordeel te verdraaien!' verweet Hildegard hem. 'Maar dat neem ik niet! Ik wil dat u een nieuwe afspraak met de fotograaf maakt.' Hij dacht er niet aan. Toen kwam de nieuwe eierleverancier de keuken in. De met salmonella besmette eieren stonden nog altijd in de keuken. 'Staan die hier nu nog?' Hildegard keek hem ontzet aan.

'Laat dat maar aan mij over', mopperde de chef-kok.

'U maakt een grove fout!' riep ze boos. 'Ik mag er niet aan denken wat er gebeurt als de foute eieren worden gebruikt!'

'Gaat u me nu ook nog vertellen hoe ik mijn werk moet doen?!' beet hij haar toe. Maar hij nam toch het karton met de besmette eieren en droeg ze naar buiten.

Sandra had een afspraak bij Michael. De arts nam een bloedmonster voor een bloedtest.

'Het gaat goed met uw hart', zei hij. 'U hoeft zich geen zorgen meer te maken over afstotingsverschijnselen. En over het bloedonderzoek hoeft u zich ook geen zorgen te maken.’ Sandra’s bloedwaarden waren al langer in orde. Ondanks dit goede nieuws zag ze er niet echt vrolijk uit. ‘Als ik u nog met iets kan helpen...’

‘Dat kan niemand’, zei ze zacht. ‘Maar toch bedankt.’ Ze wilde opstaan, maar hij hield haar tegen.

‘Uw psychisch welzijn is heel belangrijk in uw herstel, dat mag u niet vergeten’, waarschuwde hij haar. ‘U moet goed voor uzelf zorgen. Ik weet dat het niet altijd gemakkelijk is.’ Ze knikte onzeker. ‘U lijdt toch onder de breuk met Lukas...’

‘Wij twee... Het ging gewoon niet. Helaas.’ Sandra voelde zich ongemakkelijk.

‘Bent u daar heel zeker van?’ Ze keek naar de grond toen Michael haar onderzoekend aankeek. ‘Mag ik u een goede raad geven? Luister naar uw hart. Dat weet het beste wat goed voor u is.’ Sandra sloeg in paniek. Ze nam snel afscheid en vluchtte de praktijk uit. Michael keek haar nadenkend na. Lukas had gelijk, die vrouw hield nog van hem. Hij kon Sandra’s gedrag niet anders verklaren.

Cosima was ondertussen de woning van haar zoon in geslopen en zocht de brief die hij die middag net voor zijn vertrek had gekregen.

‘Dit was niet onze afspraak, meisje!’ siste ze nadat ze de brief op de salontafel had ontdekt en gelezen. Het stond voor haar buiten twijfel dat Sandra het briefje zelf had geschreven. Vastbesloten nam Cosima de brief mee en verliet de woning.

‘Juffrouw, ik had u gewaarschuwd!’ Cosima zwaaide woedend met de brief voor Sandra’s neus. ‘Wilt u ervoor verantwoordelijk zijn dat uw geliefde de rest van zijn dagen in de gevangenis doorbrengt?' Sandra las het briefje geërgerd. Nu begreep ze waarom Lukas toch in het Fürstenhof bleef.

'Laat me met rust!' riep ze. 'Ik heb dit niet geschreven. Ik weet dat u Lukas in uw macht hebt. Ik zou hem nooit in gevaar brengen!' Cosima glimlachte boosaardig, ze geloofde geen woord van wat Sandra haar vertelde.

'Ach ja, met een goede advocaat komt hij misschien al na acht jaar vrij', zei ze spottend. 'Maar voor het geval u zich illusies maakt... De tand des tijds zal ook hem aantasten, liefje.'

'Wat heb ik u eigenlijk misdaan?' barstte Sandra uit. 'Waarom moet u koste wat het kost van me af? En waarom offert u daarvoor zelfs uw zoon op?'

'Het is al erg genoeg dat u bestaat', zei Cosima ijskoud.

'Waarom haat u me zo?' Lukas' moeder griste de brief uit haar handen en draaide zich om.

'Hou op met uw hoofd te breken over dingen die u toch niet begrijpt', zei ze nog en haar stem klonk onmiskenbaar dreigend. 'Hou u gewoon aan onze afspraak.'

'Jij hebt die brief geschreven!' Sandra had meteen geweten dat alleen Simon de briefschrijver kon zijn. Het had geen zin te ontkennen.

'Ik heb het gedaan omdat jij sinds jullie breuk doodongelukkig bent', legde Simon uit.

'En denk je dat je het me gemakkelijker maakt als Lukas hier elke dag rondloopt?' kreunde ze. 'Wij mogen niet samen zijn! Nu niet, morgen niet, nooit!'

'Geef het toch niet zo snel op', smeekte haar neef.

'Waarop moet ik dan wachten?!' riep Sandra wanhopig. Zolang Lukas' moeder haar onder druk zette, kon ze niet anders. 'Die feeks zal ons nooit met rust laten.'

'Wie weet', bracht Simon ertegen in. 'Misschien komt ze ooit zelf tot inkeer.'

'Zij? Nooit!' Cosima had Sandra net nog opnieuw bedreigd. Sandra hield het niet langer vol. Ze liet zich in Simons armen vallen en begon te huilen.

'Liefje toch...' Hij streelde haar troostend over haar hoofd. 'Als jullie elkaar zo graag zien, zullen jullie ooit gelukkig worden. Anders zou het niet eerlijk zijn.' Zijn toewijding troostte haar een beetje. Ze was heel dankbaar dat hij er was.

3

Michael en Lukas dronken 's avonds samen iets aan de bar. De arts gaf zijn vriend hoop over Sandra. Ze konden in elk geval geen van tweeën verklaren waarom ze haar gevoelens voor Lukas zo heftig ontkende.

'Wie snapt er ook maar iets van vrouwen?' zuchtte Michael. Toen kwam Mia naar de bar. Lukas trok meteen een schuldbewust gezicht. Hij verontschuldigde zich snel bij zijn vriend en liep naar haar toe.

'Ik zou je om vergiffenis willen vragen', zei hij berouwvol. 'Ik was gisteren niet lief voor je.'

'Dat kun je wel zeggen', antwoordde ze spottend. 'Maar ik heb ondertussen begrepen dat ik geen schijn van kans bij je maak.' Hij vroeg haar of ze bij hem en Michael wilde komen zitten. Na een korte aarzeling nam ze zijn uitnodiging aan. Michael en zij hadden elkaar al eens even gezien in de Alte Wirt. De arts en Mia begonnen meteen druk met elkaar te praten.

Laat die avond vond nog een vergadering plaats tussen Werner, Charlotte en Cosima. De drie zaten buitengewoon eensgezind samen en proostten op het feit dat het Fürstenhof definitief tot de twintig beste hotels behoorde. Morgen zou het hotel opnieuw tonen wat het allemaal te bieden had. Een farmaceutisch bedrijf hield een groot banket, André had er een heel bijzonder menu voor samengesteld.

'Net nu was er bij onze eierleverancier, die al jaren eieren aan ons levert, een salmonellabesmetting vastgesteld', vertelde Werner. Cosima spitste meteen haar oren.

'Als de gasten dat vernemen...' zei Charlotte geschrokken.

'André heeft alles onder controle', stelde haar ex-man haar gerust. 'Hij heeft al nieuwe eieren besteld bij een andere leverancier.'

'Heel goed!' Charlotte zuchtte. 'Er moet eindelijk een einde komen aan deze turbulente periode.'

'Het komt allemaal in orde, maak je maar geen zorgen.' Daarvan was hij rotsvast overtuigd. 'Tot zover de dagelijkse bekommernissen. Moesten we verder nog wat bespreken?'

'Nog een kleinigheidje', nam Cosima het woord. 'Lukas blijft ons toch trouw, hij heeft zijn ontslag met onmiddellijke ingang ingetrokken.' Charlotte en Werner wisselden een verraste blik uit. 'Hij zou graag zijn oude functie weer opnemen.'

'Uw zoon lijkt me nogal overhaaste beslissingen te nemen', mopperde Werner. 'Van een manager verwacht ik dat hij op lange termijn denkt en consequent handelt. Afgezien daarvan is zijn functie ook niet meer vrij.'

'U begrijpt vast dat ik Werners contract niet zomaar kan ontbinden', sloot Charlotte zich bij haar ex-man aan. Cosima glimlachte zuur.

'Als uw zoon een nieuwe baan zoekt... We vinden vast wel iets wat bij hem past.' Werner had geen zin de avond te laten verpesten.

Toen hij even later alleen de krant zat te lezen, kwam Simon naar hem toe.

'Er is me iets opgevallen in de boekhouding', zei Simon. 'Is het de bedoeling dat de leden van de plaatselijke cultuurvereniging bij elke reservatie twintig procent korting krijgen?'

'Natuurlijk', antwoordde Werner en ging op neerbuigende toon voort: 'Dat is gebruikelijk in de hotelbranche. Maar dat kun jij natuurlijk niet weten. Ik denk dat ik de boekhouding maar beter zelf weer in handen neem.' Simon keek hem verrast aan.

'Ik weet het nu toch', zei hij. 'En bovendien hoort de boekhouding bij mijn taken.'

'Omdat wij als team samenwerken, stel ik voor dat ieder van ons zich bezighoudt met waar hij het beste in thuis is. In jouw geval is dat het restaurant.' Simon werd wantrouwig.

'Probeer je me buiten te werken?'

'Ho maar, wat een beschuldigingen! En dat op onze eerste officiële werkdag samen?' Simon zweeg geërgerd. 'Omdat jij nu eenmaal geen man van de cijfertjes bent, vind ik het niet meer dan normaal dat we de taken verdelen', voegde zijn oom eraan toe.

'Heel fijn dat je dat beslist zonder overleg met mij', snauwde Simon hem toe. 'Als dat voor jou samenwerken is, hou ik mijn hart vast.'

Cosima had vannacht nog werk. Nadat het keukenpersoneel naar huis was, sloop ze de keuken in. Ze haalde de eieren die André had weggegooid, uit de afvalcontainer bij de achteruitgang en verwisselde ze met de eieren van de nieuwe leverancier. Daarna belde ze het ministerie van Volksgezondheid. Op dat tijdstip stond daar natuurlijk het antwoordapparaat aan.

'Goedenavond', sprak Cosima zielig. 'Ik heb een dringende klacht. Ik heb vandaag gegeten in het Fürstenhof en heb nu vreselijke diarree. Ik ben er zeker van dat het geen buikgriep is, ik vrees dat ik een salmonellavergiftiging heb opgelopen.'

De volgende ochtend begon Hildegard meteen aan de chocomousse. Zonder dat ze het wist, gebruikte ze daarvoor de bedorven eieren die Cosima in de keuken had gezet. De sfeer tussen mevrouw Sonnbichler en de chef-kok was nog altijd gespannen door hun ruzie over de foto voor de cover van hun boek. Tot overmaat van ramp kwam er ook nog een inspecteur van het ministerie van Volksgezondheid langs.

'Een controle?' vroeg André verwonderd. 'Tja, als het niet anders kan. Bij ons is alles piekfijn in orde.' Hij kon alleen maar hopen dat de inspecteur niet de hele ochtend nodig had voor zijn controle. Ze moesten het grote banket bereiden.

Michael zat te ontbijten in het restaurant, stelde Mia tevreden vast toen ze het restaurant in kwam en hem zag. Hij vroeg haar meteen hem te vergezellen. Ze hadden de vorige avond een gezellige avond gehad. Ze hadden zelfs afgesproken de volgende dag samen naar een tentoonstelling van expressionisten in München te gaan.

'We kunnen het beste meteen na het ontbijt vertrekken', zei Michael. Mia knikte blij.

'Maar ik betaal de toegangskaartjes', stelde ze voor. Hij had namelijk de avond tevoren de drankjes betaald.

'Op voorwaarde dat ik je na de tentoonstelling mag uitnodigen', glimlachte hij. 'We kunnen een kijkje nemen op de markt. En worst en pretzels eten.' Tanja volgde het gesprek tussen Michael en die Mia van op een afstand. Ze vond het helemaal niet fijn dat de vrouw die eerst Lukas Zastrow had versierd, nu duidelijk een nieuw slachtoffer had gevonden. Het kamermeisje zag groen van nijd.

'Voor mijn ogen zit hij te flirten met een andere vrouw! Michael deed het opzettelijk!' Tanja luchtte haar hart over Michaels gedrag bij Sandra.

'Moet je dokter dan de komende jaren een kuisheidsgelofte afleggen of zo?' vroeg die verbaasd.

'Natuurlijk niet', snauwde het kamermeisje. Dan begreep Sandra niet waarover ze zich zo druk maakte. 'Hij kan zich toch een beetje inhouden. Hij is wel verantwoordelijk voor een kind. Fabien zal helemaal in de war raken als er elke ochtend een andere vrouw aan de ontbijttafel zit.'

'Tanja, als ik het goed begrijp, zat hij gewoon met die vrouw in het restaurant', zei Sandra een beetje verbluft.

'Het is toch duidelijk wat de volgende stap is!' zei het kamermeisje boos. 'En ik vind dat hij zich verdomd snel laat troosten door een ander. Terwijl hij beweert dat ik zijn grote liefde ben.'

'En ik vind dat jij verdomd jaloers reageert', antwoordde Sandra. 'Terwijl Michael voor jou toch alleen maar Fabiens vader is. Je gaat toch niet zo uit je dak voor zoiets... Tenzij er gevoelens in het spel zijn.' Tanja haalde diep adem en plofte neer op een stoel in de personeelskamer.

'Je hebt gelijk', gaf ze zachtjes toe.

'Ben jij verliefd op Michael?!' Hoewel ze al een vermoeden had gehad, was Sandra toch geschokt.

'Ik wilde het ook niet', kreunde het kamermeisje. 'Maar het gebeurde gewoon.' Ze had het alleen nog niet voor zichzelf willen toegeven. 'Bovendien ben ik getrouwd met Nils.

En ik hou ook van hem.' Ze wist echt niet meer wat ze moest beginnen. 'Ik moet voortdurend uitvluchten verzinnen om te verklaren waarom ik Michael niet meer wil zien', klaagde ze. 'Ik voel me zo schuldig. Nils heeft het niet verdiend dat ik hem zo behandel.'

'Je overweegt toch niet te scheiden?' vroeg Sandra. Tanja protesteerde geschrokken.

'Ik hou van Nils! En van Michael ook op een of andere manier...' Ze moest de zaak eindelijk onder controle krijgen en het met Michael uitpraten. Dat was ze ook Fabien schuldig. De enige oplossing leken haar duidelijke regels. Wat betrof het bezoekrecht, geschenken, school, alles wat met de jongen te maken had. En zowel zij als Michael zou zich aan die regels moeten houden.

Simon was woedend op zijn oom.

'Het eerste wat Werner als manager heeft gedaan, is de volledige boekhouding naar zich toe trekken', vertelde hij Charlotte. Hij vond het nu helemaal niet meer vreemd dat zij hem had gevraagd Werner in de gaten te houden bij zijn werk.

'Je beseft hopelijk wat je te wachten staat?' vroeg Charlotte bezorgd. 'Ik wil niet dat je werk je volledig uitput.'

'Ik bekijk het sportief', zei Simon droogjes.

'Ik ken Werner, hij geeft het niet op.' Dat dacht Simon ook. Maar hij zou er hoogstpersoonlijk voor zorgen dat zijn oom er niet in zou slagen.

'Jij hebt je keuken helemaal niet onder controle!' Werner stond buiten zichzelf van woede voor zijn broer. 'Het ministerie van Volksgezondheid sluit onze keuken tot nader order!' André hapte naar lucht. 'Een vrouw, die helaas anoniem is gebleven, heeft een klacht ingediend. Ze zou gisteren bij ons een salmonellavergiftiging hebben opgelopen!'

'Dat is onmogelijk!' sprak de chef-kok hem heftig tegen.

'Jij bent niet goed wijs!' barstte Werner los. 'Je hebt gisteren bij hoog en bij laag gezworen dat je die besmette eieren meteen zou vernietigen!'

'Dat heb ik ook gedaan', beweerde André, maar zijn broer maakte een wegwuivend gebaar. Het banket voor het farmaceutisch bedrijf konden ze nu wel vergeten. Om nog maar te zwijgen van de reactie van de gasten als ze het nieuws over de salmonellavergiftiging vernamen!

Er werd meteen een spoedvergadering belegd in het kantoor. Cosima, Charlotte, Werner, Simon, mevrouw Sonnbichler en André namen eraan deel. De chef-kok kon op geen enkele manier verklaren hoe de chocomousse besmet was geraakt met salmonella. En ook Hildegard had er geen verklaring voor

'De eerste gasten hebben al uitgecheckt omdat ze geen zin hebben om voor elke maaltijd het hotel te moeten verlaten!' Charlotte keek André boos aan.

'U hebt ons flink in de problemen gebracht, meneer Konopka', zei Cosima genietend. 'Hoe we deze financiële klap te boven zullen komen, is nog niet duidelijk.'

'Ik denk dat we er niets mee opschieten mijn vader overhaast te beschuldigen', mengde Simon zich in het gesprek.

'Hij is verantwoordelijk voor de keuken!' zei Charlotte scherp.

'Zolang de keuken gesloten is, mag mijn loon uiteraard worden ingehouden', zei de chef-kok. Maar dat was een druppel op een gloeiende plaat.

'André!' Werner kon zich amper beheersen. 'Je hebt beweerd dat je de situatie onder controle had!' Zijn broer knikte. 'Heb je die besmette eieren vernietigd?'

'Ja, ik heb ze volgens de voorschriften verwijderd!' legde André uit.

'Hoe zijn die dan terug in de keuken beland?' vroeg Werner. 'Er is toch geen mens die je gelooft?'

'Mevrouw Sonnbichler, wat denkt u van de hele zaak?' vroeg Charlotte. Hildegard had zich voorlopig op de achtergrond gehouden. 'U moet toch iets over het voorval hebben gehoord?'

'Zeg nu eens wat! U hebt toch zelf gezien dat ik de eieren naar buiten heb gebracht?' Nerveus keek André mevrouw Sonnbichler aan. Hij wist hoe boos ze op hem was. Zou ze nu van de gelegenheid gebruikmaken om wraak te nemen voor die kwestie met de coverfoto? Natuurlijk deed Hildegard zoiets niet. Ze vertelde dan ook dat ze met haar eigen ogen had gezien dat hij de besmette eieren had verwijderd.

Sandra gaf net de planten water toen Lukas de serre in kwam.

'Jij weer', begroette ze hem weinig enthousiast. 'Wat wil je?' Hij had zich vast voorgenomen zich niet door haar te laten afwimpelen.

'Doe nu niet alsof ik je onverschillig laat', zei hij.

'Wij zijn uitgepraat', antwoordde ze. Hij schudde heftig zijn hoofd.

'Ik heb gisteren heel duidelijk gevoeld dat er nog iets is', hield hij vol.

'Is dat zo?' Ze probeerde haar stem spottend te laten klinken. 'Zeg dan tegen je gevoel dat het zich serieus vergist.'

‘Leg het me uit!’ Hij greep haar hand stevig vast. ‘Waarom kun je niet gewoon toegeven dat je nog van me houdt?’ Ze keek hem hulpeloos aan. Ze keken elkaar in de ogen. Het leek een fractie van een seconde of ze elkaar zouden kussen, maar Sandra duwde Lukas van zich weg en rende de serre uit. Hij begreep er niets van. Wat was er toch met haar aan de hand?

Even later zat Sandra bij Michael in zijn spreekkamer. Ze hadden een afspraak om de resultaten van het bloedonderzoek te bespreken. Ze zat nerveus met een haarstreng tussen haar vingers te spelen. De ontmoeting met Lukas had haar helemaal van haar stuk gebracht. Michael keek haar ernstig aan.

‘Is er iets mis met mijn bloedwaarden?’ vroeg ze bezorgd.

‘Maak je maar geen zorgen,’ antwoordde de arts, ‘ze zijn perfect in orde. En ik mag u feliciteren. U bent zwanger.’ Ontzet staarde Sandra hem aan.

‘Maar dat is onmogelijk!’ riep ze uiteindelijk uit. ‘Lukas en ik, wij hebben altijd onze voorzorgen genomen.’

‘Bent u er zeker van dat alleen Lukas de mogelijke vader is?’ Sandra sloeg haar ogen neer. Ze wist dat ze zichzelf net verraden had. Hij wist nu dat ze geen relatie met Simon had. Michael zag dat ze compleet van streek was. ‘Mevrouw Ostermeyer, u weet toch dat ik me aan het beroepsgeheim moet houden?’ Ze knikte verdoofd. Ze wilde hem echter niets meer vertellen.

‘Is het zeker van die zwangerschap?’ Hij knikte. De resultaten van het bloedonderzoek waren duidelijk. Michael wilde haar meteen naar een gynaecoloog doorverwijzen.

‘U weet vast dat een zwangerschap altijd met risico’s gepaard gaat,’ begon hij, ‘vooral in uw geval. Medisch gezien is een dergelijke belasting voor het hart in het eerste jaar na een harttransplantatie niet aanbevolen.' Sandra sloot gekweld haar ogen. 'Als u toch beslist het kind te houden, moet u stoppen met bepaalde geneesmiddelen te nemen en van andere moeten we de dosis verlagen om de foetus te beschermen. Natuurlijk verhogen we zo het risico op afstoting van het hart.' Michael vond het het beste om Sandra meteen te confronteren met de harde waarheid.

'Ik kan dit nu niet aan', fluisterde ze verward. 'Wat moet ik nu doen?'

'Denkt u er eerst eens rustig over na', raadde hij haar aan. Ze had nog voldoende tijd om een verstandige beslissing te nemen. 'Maar u moet één ding goed beseffen: met deze zwangerschap brengt u uw eigen leven in gevaar.' Sandra moest zo snel mogelijk met Lukas praten, vond Michael.

'We zijn toch niet meer samen?' reageerde ze vertwijfeld.

'Jullie krijgen wel samen een kind. Dat verandert alles.' Het ging nu niet langer meer alleen over hen tweeën, maar vooral om de baby.

'Ik moet eerst even alles op een rijtje zetten.' Dat begreep de arts heel goed. 'Wilt u alstublieft nog niets tegen Lukas zeggen? Dat doe ik liever zelf. Als ik weer zicht op de dingen heb...' Michael kon zich er sowieso niet mee bemoeien. Hij moest zich als arts aan het beroepsgeheim houden. Ook als zijn beste vriend erbij betrokken was.

Zwanger! Sandra zou eigenlijk moeten zingen en dansen en de hele wereld omhelzen. Maar in de plaats daarvan had ze willen wegkruipen. Ze wilde altijd al moeder worden. Maar moest dat uitgerekend nu? Ze riskeerde niet alleen haar eigen leven, maar ook dat van de baby. Het was onverantwoord. Aan de andere kant... Had ze het recht een leven te beëindigen, alleen maar om het hare te redden? Waren Lukas en zij nog maar samen... Samen hadden ze wel een oplossing gevonden, dat wist ze heel zeker. Maar nu?

4

De crisisvergadering was nog bezig. Werner en Charlotte ruzieden met elkaar over André. Charlotte geloofde nog altijd niet dat hij de bedorven eieren had weggegooid.

'Hildegard heeft dat wel gezegd, maar dat deed ze waarschijnlijk alleen maar omdat ze nu eenmaal nooit een collega verraadt. Daarvoor is ze veel te beleefd.' Mevrouw Sonnbichler en de chef-kok hadden ondertussen het kantoor verlaten.

'En daarom haal je zonder steekhoudend bewijs zomaar mijn vader neer?' zei Simon.

'En stel je André voor als een leugenaar?' voegde Werner eraan toe. Cosima bekeek de discussie met stiekeme genoegdoening.

'Het gaat er toch niet over of hij die eieren wel of niet heeft weggegooid?' reageerde Cosima zakelijk.

'Waarover dan wel?' vroeg Werner.

'Als er iets misloopt, is de chef-kok verantwoordelijk', benadrukte ze. 'Dat is overal zo.'

'Cosima heeft uitzonderlijk eens gelijk', viel Charlotte haar bij en kreeg voor die opmerking een beledigde blik terug.

'Ik begrijp het.' Werner snoof. 'U wilt André dus verantwoordelijk stellen voor deze ramp.'

'Kijk, ik zie het zo: als André zelf heeft verzuimd de eieren volgens de voorschriften weg te gooien, is hij niet langer geschikt als chef-kok. En hetzelfde geldt als iemand van het keukenpersoneel een fout heeft gemaakt.' Charlotte zag geen andere mogelijkheid dan André te ontslaan. 'Hoe erg ik het ook vind.' Haar ex-man beschouwde de discussie echter nog lang niet als gesloten.

'Het enige wat op dit moment telt, is dat ons hotel geen schandalen meer mag beleven', argumenteerde hij. 'Daarom is onze hoogste prioriteit de schade zo goed mogelijk te beperken.' Zolang de keuken gesloten was, moest het Fürstenhof eten laten leveren door een traiteur. 'Daarnaast moeten we dringend het farmaceutisch bedrijf op de hoogte brengen. Het banket kan niet doorgaan.'

'Een dure grap...' zuchtte Charlotte.

'Maar er is niets aan te doen', mopperde haar ex-man. 'Ik kan alleen maar hopen dat de bank hierover niets te weten komt. Anders zou het hier heel ongezellig kunnen worden.' Cosima kon met moeite een triomfantelijk glimlachje onderdrukken. Dat was precies wat ze in gedachten had...

André bedankte Hildegard ondertussen voor haar steun.

'Ik heb toch alleen maar verteld wat ik heb gezien', zei ze bars.

'Maar wel nadat ik je een foto op de cover van het kookboek had willen ontzeggen', antwoordde hij.

'Daarover is het laatste woord nog niet gesproken', zei ze koeltjes.

'Maakt ook niet uit...' Hij had geen zin daarover ruzie te maken. 'Zonder uw steun had ik nu waarschijnlijk geen baan meer. Ik zal het nooit vergeten.'

'Ik zou dit voor iedereen hebben gedaan', zei ze afwerend. Maar de twee begrepen nog altijd niet hoe die besmette eieren terug in de keuken terecht waren gekomen. Iemand moest een handje hebben geholpen. Opzettelijk. Ze konden het niet anders verklaren.

Omdat ze zich emotioneel een wrak voelde, had Tanja besloten met volle teugen te genieten van de tijd die ze met Nils doorbracht. Ze had die avond lekker gekookt en de tafel mooi gedekt met bloemen en kaarsjes.

'Wow!' riep Nils verbaasd uit. 'Heb ik iets gemist?'

'We vieren vandaag ons eenwekig jubileum als echtpaar', zei Tanja glimlachend en omhelsde hem. 'En jij bent de beste man die ik me maar kan wensen. En de leukste stiefvader van de hele wereld voor Fabien.' Ontroerd kuste hij haar, maar ze was nog niet klaar. 'Dat jij het met me uithoudt, terwijl ik soms helemaal niet gemakkelijk ben... Daarvoor wilde ik je bedanken.' Hij trok haar tegen zich aan. En ze sloot haar ogen en hield hem stevig vast. Ze voelde zich zo goed in zijn buurt. Ze zou nu eens een hele avond niet aan dokter Niederbühl denken.

Lukas voelde zijn huisgenoot aan de tand. Hij wist dat Sandra die dag de resultaten had gekregen van het bloedonderzoek. Maar Michael reageerde vreemd, een beetje in gedachten verzonken.

'Was er iets mis?' vroeg Lukas.

'Ik ben arts', antwoordde dokter Niederbühl.

'Beroepsgeheim, ik weet het. Maar ik vraag je dit niet als arts, maar als vriend.' Voor Michael maakte dat echter geen verschil. 'Zeg me gewoon of ik me zorgen moet maken', smeekte Lukas.

'Vraag het haar alsjeblieft zelf...' zei Michael ontwijkend.

'Ik moet me dus zorgen maken.' Lukas was meteen in paniek.

'Nee!' Michael wist niet goed hoe hij dit moest aanpakken. 'Ik bedoel dat ik niets over haar gezondheid mag zeggen. Hou dus alsjeblieft op met me uit te horen!'

De volgende ochtend rinkelde de telefoon aan de receptie onophoudelijk. Alfons werd er gek van. De ene na de andere reservatie werd geannuleerd. De gasten hadden het nieuws van de salmonellabesmetting ondertussen vernomen. Toen kwam Mia Kleinschmidt naar de receptie en ze wilde weten waar dokter Niederbühl was. Hij was niet in zijn praktijk en ze hadden afgesproken dat ze naar München zouden gaan. Tanja hoorde toevallig dat Mia op zoek was naar Michael. Uit jaloezie besloot het kamermeisje hun dag te verpesten.

Ze ving Michael net voor het Fürstenhof op toen hij terugkwam van zijn rondje joggen.

'Je moet me helpen!' riep ze.

'Wat is er aan de hand?' vroeg hij verwonderd.

'Wil jij vandaag op Fabien passen?' vroeg ze en ze klonk smekend.

'Nu meteen?' Tanja knikte. 'Is hij ziek?'

'Nee, maar...' Ze verzon een tandartsbezoek waar ze Fabien niet mee naartoe wilde nemen.

'Ik heb eigenlijk een afspraak...' Michael aarzelde.

'Alsjeblieft! Je bent mijn laatste redmiddel', voegde het meisje er nog aan toe.

'Waarom gaat hij niet naar school?' Ze beweerde dat die gesloten was ten gevolge van de griepepidemie. 'En de Sonnbichlers?'

'Die moeten werken.'

'Allebei?' vroeg hij verbaasd. De keuken was toch gesloten?

'Alsjeblieft, Michael. Ik zou het je niet vragen als ik een andere oplossing had...' Natuurlijk liet hij haar niet in de steek. Maar hij pakte de situatie anders aan dan Tanja had gehoopt. Hij vertelde Mia namelijk dat hij op zijn zoon moest passen en zij stelde meteen vastberaden voor dat ze dan naar de dierentuin konden gaan.

'Bedoel je samen met Fabien?' vroeg hij onzeker.

'Heet hij zo?' Michael knikte. 'Goed dan!' Ze gaf hem een knipoogje. 'Ooit zal ik zelf kinderen hebben en dan kan ik al oefenen...' Hij keek haar blij aan.

Enige tijd later had Michael Fabien afgehaald en hij stelde hem voor het Fürstenhof aan Mia voor. Ze begroette de jongen vriendelijk en praatte even met hem. Opgelucht stelde Michael vast dat de twee het goed met elkaar konden vinden en zich amuseerden. Tanja zag hen en ze kon haar ogen niet geloven. Ze was ervan uitgegaan dat Michael zijn afspraak zou afzeggen. Ze had nooit gedacht dat hij met Fabien én Mia op stap zou gaan.

'Michael!' riep ze boos en ze liep snel naar het drietal toe. 'Kan ik je even spreken?' Ze wachtte niet op zijn antwoord, maar trok hem opzij. 'Die arme Fabien kan de namen van je steeds wisselende partners amper nog onthouden', siste ze.

'Wat bedoel je?' vroeg Michael geïrriteerd.

'Denk je dat dit goed is voor de jongen?' snauwde het kamermeisje.

'Tanja, ik had je gezegd dat ik een afspraak had!' Ze wierp hem een gekwetste blik toe.

'Afspraken kun je afzeggen.' Ze liep naar haar zoon en nam hem bij de hand.

'Kom, liefje, we zijn weg.'

'Ik dacht dat je naar de tandarts moest?' vroeg Michael verbaasd.

'Die afspraak heb ik afgezegd!' beet ze hem toe en paradeerde weg met de jongen. Mia had het tafereel met gemengde gevoelens gadegeslagen.

'Wat had dat te betekenen?!'

Werner hoopte dat de salmonellabesmetting niet te veel aandacht zou trekken. Het tegendeel was helaas waar. In de krant stond een artikel met de kop: 'Luxehotel besmet'. En natuurlijk belde die voormiddag de bank al.

'Ze zijn bang voor hun geld, natuurlijk', vertelde Werner zijn broer. 'Omdat mijn aandelen aan waarde inboeten als de reputatie van het Fürstenhof wordt beschadigd door die salmonellakwestie.'

'Zo'n vaart zal het toch niet lopen', meende André.

'We hebben nu al negenentwintig annuleringen, en de telefoons blijven binnenstromen.' Werner stond duidelijk in tweestrijd. De bank zette hem onder druk. 'Ze willen een zondebok.' De chef-kok keek hem ontzet aan. 'Een schandaal wordt sneller vergeten als men er iemand verantwoordelijk voor kan houden.' Werner keek zijn broer doordringend aan.

'Kijk me niet zo aan!' antwoordde André nerveus. 'Ik heb met die hele zaak niets te maken. En bovendien zou het een grote fout zijn om mij te ontslaan, want dan heeft je keuken geen sterren meer.'

'Ze willen een zondebok, dus krijgen ze er één.' Werners besluit leek al vast te staan.

Sandra was in de serre. Ze gaf water aan het stekje dat hopelijk tot een Ludovika-orchidee zou uitgroeien. Ze zou een kind krijgen! Ze kon het nog altijd niet geloven. Zou ze wel een goede moeder zijn? Zo'n moeder waarbij je je altijd goed voelde en die er altijd voor je was als je problemen had. Maar daarover mocht ze haar hoofd nu niet breken. Er waren belangrijker dingen waarover ze moest nadenken. Ze mocht het niet lang meer uitstellen. Lukas moest weten dat ze een kind van hem verwachtte. Hij was de vader, hij had er recht op. Waarom vond ze het zo moeilijk om met hem te praten? Ze hield toch van hem? Zou Sandra het risico durven nemen het kind te houden? Het kind van Lukas en haar... Hij zou vast een geweldige vader zijn. Ze moest het hem zeggen. Maar hoe zou hij reageren?

Alsof hij had geweten dat ze aan hem dacht, kwam hij precies op dat moment de serre binnen.

'Hoe gaat het met je?' vroeg hij.

'Goed, dank je...' Hij wilde zich verontschuldigen als ze vond dat hij zich aan haar opdrong.

'Ik wil je niet onder druk zetten, echt niet', verzekerde hij haar.

'Ik weet het.' Ze haalde diep adem en verzamelde dan al haar moed. 'Ik wil je eigenlijk zeggen dat ik...' Ze zweeg. Ze kreeg de woorden niet over haar lippen.

'Wat?' drong hij geïrriteerd aan.

'Niets', beweerde ze. Hij keek haar onderzoekend aan.

'Hoe waren de resultaten van het bloedonderzoek?' vroeg hij toen. Ze kromp ongemerkt in elkaar. 'Waren je bloedwaarden goed?'

'Ja', antwoordde ze dof. 'Ik ben kerngezond.' Hij keek haar wantrouwend aan.

'Je verzwijgt iets...' Ze schudde haar hoofd.

'Onzin. En laat me nu alsjeblieft alleen, ik heb nog veel werk.' Ze wendde zich weer tot haar planten.

Even later kwam Tanja de serre binnen. Ze had Fabien ondertussen naar school gebracht, want die was natuurlijk niet gesloten, in tegenstelling tot wat ze Michael had verteld. Ze wilde dringend praten over wat er was gebeurd.

'En toen verweet ik Michael dat hij het al te veel gevraagd vindt om een afspraak af te zeggen voor zijn zoon', vertelde ze haar vriendin. 'En dat Fabien de namen van zijn wisselende partners niet meer uit elkaar kan houden.' Die laatste zin kwam er enigszins bedeesd uit. Tanja wist zelf maar al te goed dat haar reactie belachelijk was geweest, want Michael fladderde niet bepaald van de ene naar de andere partner.

'En dat deed je allemaal om zijn date in het honderd te laten lopen?' vroeg Sandra verbijsterd. Het kamermeisje knikte verlegen. 'Tanja, mijn God, je bent echt te ver gegaan.' Beschaamd sloeg Tanja haar ogen neer. Ze besefte het zelf ook.

'Ik heb zo overdreven.' Ze slikte. 'Vooral dat ik mijn zoon daarvoor heb gebruikt...' De tranen stonden in haar ogen. 'Wat is er toch met me aan de hand? Ik ben een slechte moeder, een slechte echtgenote... Ik ben niets waard!'

'Onzin! Hé, kom eens hier!' Sandra omhelsde haar troostend.

'Ik wist gewoon niet meer wat ik deed', klaagde Tanja. 'Toen ik Michael en die Mia zag...' Er was even kortsluiting bij haar ontstaan.

'Dat noemt men jaloezie', stelde Sandra vast.

'Soms wou ik dat ik Michael nooit had gevonden', bekende het kamermeisje zacht.

'Alleen omdat jij je gevoelens niet onder controle krijgt?' vroeg Sandra. 'Dat is nogal egoïstisch, vind je niet? Het gaat hier in de eerste plaats toch om jullie zoon. Jullie willen allebei het beste voor Fabien. Denk je niet dat jullie dat op een of andere manier kunnen regelen?' Tanja haalde diep adem.

'Je hebt gelijk', zuchtte ze en ze beloofde het op zijn minst te proberen.

'Als je het niet voor jezelf kunt, doe het dan voor Fabien', raadde Sandra haar nog aan. 'Hij heeft zijn moeder en vader nodig.' Dat kon Tanja niet ontkennen.

Mia besloot terug te keren naar huis. Ze had genoeg van de mannen in het Fürstenhof.

'Eerst dat gedoe met Lukas Zastrow, die het toch zo moeilijk heeft om van iemand anders te houden', zei ze minachtend toen Ben haar vroeg waarom ze het hotel zo halsoverkop wilde verlaten. 'En dan nog dokter Niederbühl.' Ben keek haar niet-begrijpend aan. 'Wist jij dat hij een zoon had?' De hotelbediende knikte. 'Dat maakt ook niets uit. Maar moet hij die dan al op onze tweede date meebrengen? En ik heb meteen kennisgemaakt met de moeder van het kind.'

'Tanja?' Ben glimlachte. 'Een geweldige vrouw.'

'O ja, geweldig!' antwoordde Mia sarcastisch. 'Ze had me het liefst van al mijn ogen uitgekrabd. Ze heeft een gigantische scène gemaakt.' Ben was verbaasd dat te horen. Hij had altijd gedacht dat Tanja en de dokter het goed met elkaar konden vinden. 'Ik heb in elk geval geen zin in zulke dramatische toestanden', zei Mia geërgerd. 'Al helemaal niet als ik ertussen sta.' Misschien moest ze Jimmy toch nog een kans geven, bedacht ze. Toen nam ze afscheid van Ben en verliet het hotel, zonder zich nog één keer om te draaien.

'Wij moeten praten.' Michael had Tanja al overal gezocht en had haar ten slotte in een van de hotelkamers gevonden, waar ze aan het poetsen was.

'Kan dit later?' vroeg ze verlegen.

'Nee, dat kan niet!' Hij zette boos een stap dichterbij. 'Waarom deed jij daarstraks zo belachelijk?' Haar goede voornemens verdwenen als sneeuw voor de zon.

'Jij deed belachelijk, zul je bedoelen', reageerde Tanja kribbig.

'Was het echt nodig om mij in het bijzijn van Mia zo af te snauwen?' drong hij aan.

'O, die arme Mia', zei Tanja honend. 'Ik hoop dat ze er geen trauma aan overhoudt.'

'Denk er liever over na wat je Fabien hiermee aandoet', verweet hij haar. 'Ik wil niet dat dit nog een keer gebeurt.'

'Geen enkel probleem', snoof ze. 'Als jij geen afspraakjes meer maakt met zulke snolletjes.'

'Mia is geen snol!' riep hij boos. 'En wat gaat jou dat trouwens aan? Jij bent toch met Nils Heinemann getrouwd? Bemoei je dan niet met mijn privéleven!'

'Dat zou je wel willen!' Haar stem sloeg over. 'Vergeet het maar. Ik bepaal namelijk nog altijd wie er met mijn zoon omgaat!'

'Ach zo, nu is Fabien plotseling alleen nog jouw zoon?!' Ook Michael werd steeds bozer.

'En als ik de indruk heb dat hij niet veilig is bij jou, moet ik ingrijpen!' ging ze woedend voort. 'Er bestaat nog een andere oplossing voor dit probleem: Nils en ik kunnen ook alleen voor Fabien zorgen!' Michael verstarde. 'Dan zijn we een echt gezin en krijgt Fabien eindelijk rust.'

'En hoe stel je je dat voor?' Hij voelde zich beledigd. 'Ik bedoel, hij is en blijft mijn zoon...' Tanja keek hem uitdagend aan.

'Niet als je hem ter adoptie afstaat!' Haar woorden troffen hem diep.

'Ik zal Fabien nooit afstaan!' De twee stonden tegenover elkaar en keken elkaar woedend aan. 'Ik meen het. Fabien is de belangrijkste persoon in mijn leven. Nog belangrijker dan...' Hij zweeg plots. En Tanja's woede smolt weg.

'Dan ik?' fluisterde ze. Hij staarde haar alleen maar aan. Ze keken elkaar vol passie aan. En toen konden ze zich niet langer beheersen. Ze wierp zich in Michaels armen en kuste hem vol verlangen. Elkaar innig omhelzend zakten ze neer op het bed.

5

Werner had het voltallige keukenpersoneel in het restaurant verzameld. De keuken was tot nader order gesloten, vertelde hij hun. En de bank stond erop dat het ongelukkige voorval zo snel mogelijk werd verklaard.

'Daarom wil ik van jullie weten wie het laatst die besmette eieren in handen heeft gehad.' Hij keek iedereen aandachtig aan.

'Maar dat weten we toch al!' riep Hildegard. 'Uw broer heeft het karton met de bedorven eieren weggegooid, dus hij heeft ze het laatste in handen gehad.'

'Als die eieren daadwerkelijk waren weggegooid, hadden we nu geen salmonellabesmetting gehad.' Werner kon zich met moeite beheersen. 'Of hoe verklaart u anders de besmette chocomousse, die u hoogstpersoonlijk hebt gemaakt?' Mevrouw Sonnbichler hapte naar lucht. 'Misschien hebt u de eieren teruggehaald en opzettelijk gebruikt? U wilde het André misschien betaald zetten dat hij een foto zonder u wilde maken voor de cover van het kookboek?'

'Als dat zo was, moet u me op staande voet ontslaan.' Ze keek hem woedend aan.

'En dat doe ik dan ook!' Werner liet zichzelf meeslepen door de emoties. 'U kunt uw ontslagbrief komen ophalen. U bent ontslagen!'

'U kunt me niet zomaar ontslaan!' protesteerde Hildegard geschokt. 'Niet na al die jaren dat ik hier heb gewerkt.'

'Ik kán het niet alleen, ik móét het gewoon.' De rest van het personeel volgde de ruzie met ingehouden adem. 'In het belang van het Fürstenhof moet ik de schuldige voor de salmonellaramp straffen.'

'En dat betekent dat ik de zondenbok ben voor iets wat iemand anders heeft gedaan?' vroeg mevrouw Sonnbichler ontzet.

'Hoe weet ik dat u het niet gedaan hebt?!' vroeg Werner uitdagend.

'Uw broer heeft die eieren weggegooid!' herhaalde ze.

'En misschien hebt u ze weer uit de vuilnisbak gehaald?' reageerde hij.

'U bent niet goed wijs!' In geen geval zou Hildegard haar ontslag zonder slag of stoot aanvaarden. 'Hierover is het laatste woord nog niet gezegd.'

Ook Alfons was ervan overtuigd dat Werner Saalfeld zijn vrouw in geen geval zo gemakkelijk kon ontslaan.

'Dit is zo onrechtvaardig!' raasde Hildegard. 'Hij moet mijn ontslag intrekken. En hij moet zich bij mij verontschuldigen. In aanwezigheid van het voltallige personeel!' Alfons wilde eerst weten wat André Konopka allemaal had verteld over het hele voorval. De chef-kok was niet aanwezig geweest bij de vergadering. 'Je kunt niet op hem rekenen als het erop aankomt', zei ze. Ze moesten iets beters verzinnen.

'Ik zal met meneer Saalfeld praten', beloofde Alfons. 'En als hij jouw ontslag niet wil intrekken, neem ik ook ontslag.' Hij kon zich niet voorstellen dat het Fürstenhof meteen twee van zijn trouwe werknemers zou willen missen.

'En wat als ze dat wel doen?' antwoordde zijn vrouw. 'Dan zijn we allebei werkloos.'

'Maar we kunnen ons toch niet zomaar neerleggen bij jouw ontslag?' drong hij aan. Plotseling verscheen een glimlach op Hildegards lippen.

'Misschien is er nog een andere mogelijkheid...' zei ze.

Tanja en Michael hadden de liefde met elkaar bedreven. Ze lagen naast elkaar in het bed. Zij staarde met een slecht geweten naar het plafond, hij keek haar lief aan. Toen hij met een vinger zacht over haar wang streelde, kromp ze in elkaar.

'Nee! Dit kan niet! Dit mogen we niet doen!' Ze trok de deken om zich heen en stond op. 'Alsjeblieft... Dit mag niet nog eens gebeuren!'

'Voor jou was dit dus een misstap?' Michael klonk ontgoocheld.

'Ik ben getrouwd. Ik hou van Nils. En een affaire is op dit moment wel het laatste wat ik kan gebruiken.' Hij wierp op dat het toch iets te betekenen had dat ze met elkaar in bed waren beland. Voor de tweede maal trouwens al.

'We voelen ons nu eenmaal aangetrokken tot elkaar', zei hij. 'Dat kun je niet ontkennen.'

'Dat is mogelijk', gaf ze toe. 'Maar het is geen liefde.' Hij slikte gekwetst. 'Aanvaard dat alsjeblieft.'

Ditmaal vertelde Tanja haar vriendin Sandra niet wat er was gebeurd. Ze was nog veel te veel in de war om er met iemand over te spreken. Ze zei alleen dat ze een vreselijke fout had begaan.

'Het liefst van al zou ik willen dat Michael zijn spullen bij elkaar pakt en vertrekt', kreunde ze. 'Het beste naar de Zuidpool.'

'We hadden toch al besloten dat dat geen oplossing is?' antwoordde Sandra. 'Wat heeft hij je dan misdaan?' Maar het kamermeisje antwoordde niet.

'Ik moet er zijn voor Nils', mompelde ze alleen maar. 'Voor hem en voor Fabien. Zij vormen samen met mij mijn gezin.'

Cosima overhandigde Lukas nu pas de brief die ze in zijn woning had meegenomen. Hij zat in de blauwe salon en wilde eigenlijk rustig de krant lezen.

'Waar heb je die vandaan?' vroeg hij toen hij de brief zag.

'Ik heb hem op de grond gevonden', loog ze. Ze maakte er in elk geval geen geheim van dat ze hem had gelezen.

'Ooit al van briefgeheim gehoord?' snauwde hij haar geergerd toe en hij stopte de brief in zijn zak. Ze negeerde zijn verwijt.

'Ik heb trouwens met Werner Saalfeld gesproken om je je baan als manager terug te geven.' Lukas leek niet erg geïnteresseerd. 'Maar hij heeft geweigerd. Je ontslag is definitief.' Lukas had het niet anders verwacht. 'Maar dat maakt niets uit', meende ze. 'Hij heeft hier binnenkort sowieso niets meer te zeggen. Door die salmonellakwestie verliest het Fürstenhof namelijk een deel van zijn waarde, net zoals de aandelen van Werner Saalfeld. En dat leidt ertoe dat de bank nog onvoldoende zekerheid heeft...'

'En dus hoop jij dat hij moet verkopen?' vroeg Lukas. 'Zodat jij het hier binnen afzienbare tijd alleen voor het zeggen hebt?'

'Wij!' corrigeerde ze hem. 'Jij zou natuurlijk mijn nauwe medewerker worden.' Argwanend keek hij haar aan.

'Zeg eens... Heb jij iets met die salmonellakwestie te maken?' Ze deed alsof ze ontzet was.

'Hoe kun je zoiets van me denken?!'

'Omdat ik je goed ken', antwoordde hij droog. 'Wie heel even nadenkt, weet meteen dat alleen jij daar voordeel uit haalt.'

'Ik zou nooit iets doen wat het Fürstenhof schaadt', zei ze huichelachtig. 'Het hotel is mijn erfenis. Dat je zoiets durft te denken...' Hij leek niet overtuigd van haar onschuld. 'Bovendien hebben wij er niets aan als het Fürstenhof te veel waarde verliest.' Want ook haar eigen aandelen leden daaronder. En die van Rosalie. Dat argument overtuigde Lukas. Hij kon zich niet voorstellen dat zijn moeder de waarde van haar eigen hotelaandelen zou laten dalen.

Charlotte staarde haar ex-man verbijsterd aan toen hij haar vertelde dat hij Hildegard Sonnbichler had ontslagen.

'Je kunt een zo betrouwbare werkneemster die al zo lang voor ons werkt, toch niet ontslaan!' riep ze boos. 'Zelfs al heeft ze, misschien, een fout gemaakt.'

'Een fout!' Werner snoof minachtend. 'Kijk eens om je heen! Het hotel is zogoed als leeg! Dit is een ramp!' Dat kon Charlotte niet ontkennen. Bijna alle gasten hadden hun reservering geannuleerd. Toch rechtvaardigde dat nog lang niet het ontslag van Hildegard.

'Eigenlijk moet André vertrekken', zei Charlotte. 'Hij heeft de keuken duidelijk niet onder controle.' Werner wuifde haar opmerking geërgerd weg. 'O, ik snap het al. Je wilt je broer niet ontslaan, omdat het eenvoudiger is mevrouw

Sonnbichler te vervangen dan een sterrenkok. Maar je vergeet wel welke indruk je daarmee op het personeel maakt.'

'Moet ik mijn beslissing intrekken, misschien?' Hij dacht er niet eens aan. Hij zou zich gewoon belachelijk maken.

'Dat interesseert me niet', zei Charlotte streng. 'Het is niet eerlijk om mevrouw Sonnbichler te ontslaan. En ik zal doen wat ik kan om deze fout recht te zetten.'

Michael en Lukas zaten ondertussen samen in de Alte Wirt. Opnieuw vroeg Lukas zijn vriend nadrukkelijk te vertellen wat er met Sandra aan de hand was. Hij maakte zich zorgen! Hij voelde immers dat er iets mis was.

'Als ze het je zelf niet wil vertellen...' En daarmee was wat Michael betrof alles over de zaak gezegd. Toen biechtte hij Lukas op wat er die dag met Tanja was gebeurd.

'Je weet toch dat die vrouw getrouwd is?!' vroeg Lukas verbijsterd toen hij het hele verhaal had gehoord.

'Ze heeft er me persoonlijk aan herinnerd', zuchtte dokter Niederbühl. 'Achteraf.'

'Dan zal dit hopelijk niet nog een keer gebeuren', hoopte zijn huisgenoot.

'Wat haar betreft in geen geval', gaf Michael toe. Maar hij had toch weer hoop gekregen. 'We zijn opnieuw samen in bed beland! Geloof me, ik voel me er ook niet goed bij dat ik een huwelijk op zijn kop zet, maar ik kan me ook niet tegen mijn gevoelens verzetten. Er is iets tussen ons. Al wil Tanja het niet toegeven.'

'Maar daarom is het nog geen liefde', wierp Lukas op. 'Soms vinden mensen elkaar aantrekkelijk zonder dat er meer achter zit.'

'Bij mij en Tanja is dat anders', beweerde zijn vriend. 'Dat voel ik. Wij horen bij elkaar.'

Toen Tanja 's avonds thuiskwam, worstelde ze nog altijd met haar slecht geweten. Ze bracht Fabien naar bed en kon daarna amper verdragen alleen te zijn met Nils. Gelukkig flikkerde er een lamp in de woonkamer, zodat ze een onderwerp hadden om over te praten. Nils beloofde de lamp de volgende dag te herstellen. Daarna vertelde hij dat hij Tanja die namiddag had gezocht maar haar niet had gevonden. De schrik sloeg haar om het hart. Stel je voor dat hij de hotelkamer was binnengekomen waar ze met Michael...

'Ik ga maar slapen.' Ze wist met zichzelf geen blijf. Daarom deed ze alsof ze doodmoe was. Ze kon niets beters bedenken.

Sandra ijsbeerde ondertussen door haar kamer. Ze piekerde de hele tijd over haar zwangerschap. Vanuit medisch standpunt mocht ze het kind niet houden. De tijd verstreek, ze zou snel een beslissing moeten nemen. Maar ze raakte er zelf niet uit... Ze moest er met iemand over praten! Resoluut belde ze haar moeder en ze vroeg Astrid enkele dagen naar het Fürstenhof te komen. Natuurlijk merkte Astrid meteen dat er iets mis was met haar dochter. Ze beloofde met haar baas te praten en enkele dagen vrijaf te vragen.

De volgende ochtend vroeg Charlotte of Alfons even naar haar kantoor wilde komen. Ze wilde hem onder vier ogen spreken.

'Ik vind het ontslag niet gerechtvaardigd', begon ze toen hij binnenkwam. 'Afgezien van het feit dat je vrouw naar alle waarschijnlijkheid onschuldig is.'

'Wat betekent dat nu weer: naar alle waarschijnlijkheid?!' Alfons keek haar ontzet aan. 'Geloof je nu echt die onzin die je ex-man verkondigt? Dat Hildegard om wraak te nemen op André die besmette eieren uit de vuilnisbak heeft gehaald en heeft gebruikt? Alleen omdat hij die foto voor het kookboek zonder haar wilde maken?'

'Nee...' Charlotte kon het natuurlijk niet geloven. Maar zolang de zaak niet was opgehelderd, was iedereen verdacht. 'Maar het staat in elk geval vast dat men een trouwe werkneemster niet kan ontslaan vanwege één fout.' Alfons zweeg. Hij wilde er niet over discussiëren of Hildegard toch schuldig was, hij was er zeker van dat ze met die salmonella-eieren niets te maken had. 'Ik wil jullie een compromis voorstellen. Officieel blijven we er even bij dat Hildegard ontslagen is.' Dan hoefde Werner zich niet belachelijk te voelen. 'Het Fürstenhof blijft je vrouw gewoon uitbetalen. En als de zaak binnen twee, drie weken een beetje naar de achtergrond is verschoven, nemen we haar zogezegd weer in dienst. En alles is weer in orde.'

'Nee', antwoordde Alfons vastberaden. Hij begreep dat Charlotte de zaak discreet wilde regelen. Maar zo eenvoudig was het niet. 'Zolang Hildegard niet officieel onschuldig wordt verklaard, zal iedereen blijven denken dat zij het Fürstenhof in de problemen heeft gebracht.' Dat had Werner Saalfeld toch zo gezegd in het bijzijn van het voltallige personeel. 'Daarom moet ze nu weer in dienst worden genomen. En moet het management zich officieel verontschuldigen bij haar.'

'Dat zal Werner nooit willen doen', zuchtte Charlotte.

'Dat zullen we nog weleens zien', zei meneer Sonnbichler.

'En hoe wil je dat voor elkaar krijgen?' Vragend trok Charlotte haar wenkbrauwen op. Daarop kon hij nog geen antwoord geven. Nog niet.

Sandra ging die ochtend nog een keer naar Michaels praktijk. De arts beluisterde haar hart en nam haar bloeddruk. Alles was in orde.

'Maar uw hart zal steeds meer worden belast', waarschuwde hij haar. Door hormonale veranderingen zou het risico op afstoting steeds groter worden. 'U moet echt met Lukas praten.'

'Ik heb geen idee wat ik hem moet zeggen', antwoordde ze vertwijfeld.

'De waarheid', zei Michael ernstig. 'Dat u een kind van hem krijgt. Ik weet dat jullie niet langer samen zijn en dat maakt het er niet eenvoudiger op. Maar hij is de vader en hij heeft het recht het te weten.' Dat kon Sandra niet tegenspreken. 'En hij heeft het recht mee te beslissen of u het kind zult houden of niet', ging dokter Niederbühl voort.

'Volgens u heb ik toch geen keuze!' barstte ze plotseling uit. 'U wilt niet dat ik het kind krijg, omdat het veel te gevaarlijk is na een harttransplantatie.'

'Het is mijn plicht u te wijzen op alle risico's en mogelijke gevolgen', bevestigde hij zakelijk. Ze zuchtte. Natuurlijk merkte hij hoe moeilijk ze het had. 'Niemand kan in uw plaats beslissen. Daarom is het belangrijk dat u erover kunt praten met iemand die u vertrouwt.'

'Maar niet met Lukas!' Sandra wist dat ze nooit zou kunnen volhouden dat ze niet meer van hem hield als ze met hem over de zwangerschap zou praten.

'Dan moet u er met iemand anders over praten', zei Michael. 'In elk geval moet u een beslissing nemen. Want als u, tegen mijn uitdrukkelijk advies in, besluit om het kind te houden, moeten we dringend uw medicatie aanpassen. Anders brengen we u en het kind nog meer in gevaar.'

Na haar bezoek aan de arts wandelde Sandra het park in. Ze ging op een bank zitten. Ze voelde zich een beetje misselijk. De eerste zwangerschapskwalen. Uitgerekend op dat moment kwam Lukas eraan.

'Is alles oké?' vroeg hij bezorgd.

'Ja. Waarom?' Ze probeerde haar misselijkheid te onderdrukken en lachte zwakjes naar hem.

'Je ziet er een beetje bleek uit', stelde hij vast. 'En je lijkt je niet lekker te voelen.' Ze ontkende heftig. 'Er is iets met je gezondheid, niet?' drong hij aan. 'Michael wil me niets vertellen. Maar ik merk gewoon aan hem... Wil je me het niet vertellen?' Sandra wist niet hoe ze zich hier nog uit kon redden. Toen zag ze in de verte Simon uit het hotel komen. Ze zwaaide opgewonden naar hem.

'Simon! Hallo!' riep ze luid. 'Ik ben hier!' Haar neef kwam naar haar toe. Ze sprong op en rende zo snel ze kon naar hem toe. Toen ze bij hem was, kuste ze hem innig op de mond. Simon kon zijn verbazing amper verbergen. Hij had Lukas opgemerkt en die stond nu gekwetst naar de twee te staren.

6

André was op weg naar de Sonnbichlers toen hij Hildegard in het dorp tegenkwam. Ze wilde hem zonder een woord te zeggen voorbijgaan, maar hij hield haar staande.

'Hildegard! Wacht! Ik ben op weg naar u.' Ze keek hem sceptisch aan. 'Ik weet dat ik gisteravond al had moeten langskomen. Maar, eerlijk gezegd, ik was bang.' Verrast keek Hildegard hem aan. 'Ik weet dat niet u de ramp heeft veroorzaakt', ging hij voort. 'En als chef-kok draag ik de verantwoordelijkheid.'

'U hebt gedaan wat u kon', antwoordde ze afstandelijk. 'U hebt die eieren weggegooid.' Hij schudde zijn hoofd.

'Toen ik hoorde dat u was ontslagen, had ik meteen naar Werner moeten gaan.' Hij had zich voor Hildegard moeten inzetten, desnoods had hij zelf met ontslag moeten dreigen. En dat zou hij nu alsnog doen, zij het met een dag vertraging.

'Bedankt voor het aanbod. Ik denk alleen niet dat ik het hoef aan te nemen.' De opluchting stond op het gezicht van de chef-kok te lezen.

'Goed. Als u dat zegt... Als ik u met iets kan helpen...' Tot zijn grote verbazing knikte ze meteen heftig. Er was inderdaad nog iets waarbij hij haar kon helpen.

Even later riepen André en Alfons het personeel van het Fürstenhof samen voor een personeelsvergadering in de blauwe salon.

'Gezien de huidige situatie lijkt ons dat noodzakelijk', deelde André een wantrouwende Cosima mee, die het nieuws van de vergadering had opgevangen.

'En waarover gaat die personeelsvergadering dan?' drong ze aan.

'Dat zult u te gepasten tijde vernemen', antwoordde hij gelaten. Maar ze dacht er niet aan daarop te wachten.

'Ik wil erbij zijn', besloot ze. 'Waar en wanneer?'

'Helaas zijn aandeelhouders en leden van de directie en het management niet uitgenodigd', zei de chef-kok glimlachend. 'Zodat iedereen onbevangen zijn mening kan vertellen. En u hoeft niet zo boos te kijken. We hebben wettelijk het recht dit te doen.'

Tanja had Michael al de hele dag proberen te ontlopen. Maar nu liep ze hem al de derde keer die dag tegen het lijf. Uitgerekend in de waskamer.

'Zeg alsjeblieft niet dat je mij zoekt', kreunde ze.

'Nee,' antwoordde hij, 'ik heb een nieuwe doktersjas nodig.' Hij was duidelijk een beetje nerveus. Hij nam de jas zo onhandig van een plank dat een stapel handdoeken op de grond viel. 'Het spijt me.' Tanja bukte zich gelijktijdig met hem om de handdoeken weer op te rapen. Toevallig raakten ze elkaar met hun handen. Ze verstarden allebei en keken elkaar als betoverd aan.

'Nee,' fluisterde ze, 'alsjeblieft niet. We mogen het niet doen.' Maar het was te laat. Ze kusten elkaar passioneel.

Michael maakte zich van haar los en nam Tanja's gezicht zacht in zijn handen.

'Ik hou van je', zei hij zacht. 'En ook al verzet je je ertegen: jij houdt ook van mij.' Hij kuste haar opnieuw.

'Je hebt gelijk', gaf het kamermeisje toe. 'Je betekent heel veel voor me. Veel te veel...'

'Te veel is niet mogelijk', zei hij glimlachend. 'Maar ik ben heel blij dat je het eindelijk toegeeft. Maar hoe moet het nu verder? We kunnen toch niet doen alsof er niets is gebeurd.'

'Ik voel heel, heel veel voor je.' Ze had een krop in de keel. 'Maar ook voor Nils.' En ze voelde zich zo slecht. Zo schuldig.

'Misschien moet je hem de waarheid vertellen', stelde Michael voorzichtig voor.

'In geen geval', protesteerde ze meteen. 'We zijn nog maar net getrouwd.' Dat kon ze Nils niet aandoen.

'Maar je kunt toch niet met een leugen blijven leven?' vond hij.

'Wat verwacht je van mij?' vroeg ze verward. 'Dat ik me van Nils laat scheiden en meteen bij jou intrek?' Eigenlijk zou Michael dat het liefst hebben, maar hij wist natuurlijk dat het niet realistisch was.

'Ik wil je niet onder druk zetten', zei hij. 'Het is jouw beslissing of je het hem zegt en wat je hem zegt.' Voor hem was het ook niet eenvoudig. 'Ik heb me nog nooit in een relatie, laat staan huwelijk, gemengd. Ik heb geprobeerd tegen mijn gevoelens te vechten, maar... Het is me niet gelukt. Het heeft geen zin mijn gevoelens te ontkennen.'

Net op dat moment probeerde Nils de defecte lamp te herstellen. Het lag blijkbaar niet aan de lamp zelf dat ze de hele tijd flikkerde. Daarom controleerde hij ook de bedrading naar de lamp en toevallig raakte hij met de schroevendraaier een leiding. Hij kreeg een elektrische schok en viel op de grond.

Toen Astrid de serre in kwam, viel haar dochter haar meteen om de hals.

'Ik ben zo blij dat je er bent, mama!' Natuurlijk wilde Astrid meteen weten wat er was gebeurd. 'Ik kan niet meer. Ik kan gewoon niet meer.' Alle opgehoopte spanning kwam eruit en Sandra huilde uit op de schouder van haar moeder. Astrid streelde haar kalmerend over haar rug en wachtte tot Sandra weer kon praten. 'Lukas en ik zijn uit elkaar.'

'Wat?!' Dat had Astrid niet verwacht. 'Maar... Waarom heeft hij het uitgemaakt?'

'Dat heeft hij niet gedaan. Ik heb het uitgemaakt.' Sandra's moeder kon niet geloven wat ze hoorde. Sandra hield zo veel van haar vriend. 'Nu niet meer. Het is voorbij.'

'Wat is er dan gebeurd? Heeft hij je bedrogen?' Sandra schudde haar hoofd.

'Nee, maar het is gewoon zo. Ik ben op een ochtend opgestaan en ik voelde niets meer voor hem. Er is niets bijzonders gebeurd.' Ze wilde snel van onderwerp veranderen, want ze wilde en mocht haar moeder niet vertellen wat de werkelijke reden achter de breuk was. 'Maar het ergste moet ik je nog vertellen', zei ze. 'Ik ben zwanger. Van hem.'

'Hoe kan dat?' Astrid keek haar dochter ontsteld aan.

'En het allerergste is dat dokter Niederbühl me nadrukkelijk aanbeveelt het kind niet te houden. Anders kan ik in levensgevaar komen.' Sandra begon opnieuw te huilen.

'Begrijp je nu waarom ik niet meer weet wat ik moet doen?' snikte ze. Astrid knikte hulpeloos. Ze wist ook niet meteen wat het beste was.

'Wat zegt Lukas erover dat hij vader wordt?' vroeg ze dan en keek haar dochter helemaal verbijsterd aan toen ze haar vertelde dat hij nog niets van de zwangerschap wist en het voorlopig ook niet te weten zou komen.

'Ik zal er wel met hem over praten', verzekerde Sandra haar. 'Maar eerst moet ik zelf weten wat ik zal doen.' Voor ze een definitieve beslissing nam, wilde ze nog één keer naar dokter Niederbühl gaan, samen met haar moeder.

Na de personeelsvergadering vroegen André en Alfons om een gesprek met Werner en Cosima. Natuurlijk spotte Werner met de twee 'leiders' zoals hij ze noemde. Maar het lachen verging hem snel. Zijn broer eiste namelijk dat hij Hildegards ontslag introk.

'Als er iemand verantwoordelijk is voor de ramp, ben ik het', zei de chef-kok. 'Ik heb de eieren weggegooid. Het gaat hier duidelijk om sabotage en daarmee heeft mevrouw Sonnbichler niets te maken.'

'Goed, als jij de verantwoordelijkheid wilt nemen...' Werner was het er helemaal niet mee eens, maar dan zou André de gevolgen moeten dragen.

'Een chef-kok die een salmonellabesmetting niet kan voorkomen, hoort niet thuis in het Fürstenhof', stelde Cosima licht triomferend vast.

'Dan zullen we jou moeten ontslaan', zei Werner.

'Dat is helaas niet mogelijk', mengde meneer Sonnbichler zich in het gesprek. 'Meneer Konopka zit namelijk in de bedrijfsraad.'

'De bedrijfsraad?' Werner herhaalde het woord alsof het om een of ander vies insect ging. 'Sinds wanneer hebben we dat dan?'

'Sinds een uur geleden', antwoordde André grijnzend.

'En als lid van de bedrijfsraad is meneer Konopka beschermd tegen ontslag', vulde Alfons aan.

'Niet als het gaat om een zware fout', sprak Werner tegen.

'Maar u kunt niet in uw eentje bepalen of het in dit geval om een zware fout gaat', antwoordde meneer Sonnbichler gelaten. Daarvoor is er de bedrijfsraad. 'We zouden het graag op onze volgende vergadering bespreken.'

'Het spijt me, lieve broer... Op dit moment ben je aan handen en voeten gebonden.' André grijnsde triomfantelijk. Werner en Cosima wierpen elkaar een nerveuze blik toe.

'U bent voor deze ontwikkeling mee verantwoordelijk door mevrouw Sonnbichler op staande voet te ontslaan', verweet Cosima Werner toen ze weer alleen in het kantoor zaten. 'Daarom verwacht ik dat u de gemoederen bedaart. Ten eerste moet die belachelijke opstand van het personeel in de kiem worden gesmoord.' Werner was het helemaal met haar eens.

'Maar we leven niet meer in de tijd van de zonnekoning', wierp hij op. 'Werknemers hebben ook recht op een vertegenwoordiging.'

'Ik laat me door niemand vertellen hoe ik dit hotel moet leiden', zei Cosima boos. 'Zeker niet door onze charmante hoofdportier en uw nog charmantere broer.'

'Let een beetje op uw woorden', zei Werner beledigd.

'Ik hoef niet op mijn woorden te letten bij u, ik ben tenslotte uw meerdere', snoof ze. 'Of moet ik u eraan herinneren dat u slechts manager bent en uw aandelen in handen van de bank zijn?'

'Wat heeft dat nu te maken met wat u net...' Ze liet hem niet uitspreken.

'Haal ons uit de penarie!' eiste ze. 'En snel!'

Alfons wilde hun overwinning al vieren, maar André herinnerde hem eraan dat het nog maar een kleine stap in de goede richting was.

'Ik ken mijn broer', zei de chef-kok. 'Hij zal niet onder de indruk zijn van een bedrijfsraad en laat zich daardoor zeker niet intimideren. Hij zal nooit toegeven en Hildegard weer aannemen.'

Tanja liep hun woning binnen en riep om Nils. Hoe moeilijk het ook zou zijn, ze moest met Nils praten. Ze had het zichzelf opgelegd. Maar plotseling zag ze hem bewusteloos op de grond liggen.

'O, mijn God!' Ze knielde naast hem neer. 'Wat is er met je gebeurd?' Hij antwoordde niet. Ze schudde hem bezorgd bij de schouder, tot hij eindelijk bij bewustzijn kwam. Hij zag er nog versuft uit.

'Ik wilde de lamp repareren', fluisterde hij. 'En toen... Ik heb een elektrische schok gekregen.'

'Een elektrische schok?!' Tanja sloeg helemaal in paniek. Ze belde meteen Michael en vroeg hem zo snel mogelijk te komen.

Nils lag op de bank. Dokter Niederbühl had hem net onderzocht. De arts sprak Tanja heel zakelijk aan.

‘Hij heeft alleen maar een lichte hersenschudding door de val, meer niet’, legde hij uit.

‘En die elektrische schok?’ vroeg ze bang. ‘Kan dat geen letsel veroorzaken?’

‘Ik zie geen brandwonden, dus dan valt het wel mee’, zei Michael.

‘Ik vond het toch erg genoeg’, mopperde Nils en hij probeerde vrolijk te klinken.

‘Waarom doe je ook zoiets?’ Tanja keek haar man bezorgd en liefdevol aan.

‘Het is niet zo erg’, antwoordde hij en bedankte dokter Niederbühl dat hij zo snel wilde komen. De arts zei hem nog dat er met een lichte hersenschudding niet te spotten viel.

‘Jullie kunnen het beste morgen naar het ziekenhuis gaan en een CT-scan laten maken’, zei hij tegen Tanja. ‘Voor alle zekerheid. En tot dan...’ Hij richtte zich weer tot Nils. ‘Beweeg zo weinig mogelijk en drink veel. Als u onwel wordt of hevige pijn krijgt, moet u me onmiddellijk bellen.’

‘Dat zal ik doen’, beloofde Nils en sloot uitgeput zijn ogen.

Tanja liep met Michael mee naar de deur.

‘Het is toch echt niet erg?’ vroeg ze nog altijd ongerust.

‘Maak je maar geen zorgen’, antwoordde de arts. ‘Let erop dat hij het rustig aan doet en laat het morgen nog even nakijken.’ Enkele dagen later zou Nils alweer op de been zijn. Maar Michael had nog een vraag: hoe zat het nu tussen hem en haar? Maar Tanja wilde het er niet over hebben. Nils had een ongeluk gehad terwijl Michael en zij elkaar zaten te kussen in de waskamer. Het idee alleen al brak haar hart.

Die middag wandelden Sandra en haar moeder door het park. Onderweg kwamen ze Lukas tegen. Hij begroette

Astrid vriendelijk en kon het niet laten haar te vragen of Sandra haar al had voorgesteld aan haar nieuwe vriend.

'Nieuwe vriend?' Astrid keek haar dochter vragend en een beetje geërgerd aan.

'Mama is er nog maar net, we hebben nog geen tijd gehad om te praten', zei Sandra snel tegen Lukas en trok haar moeder mee.

'Jij hebt een nieuwe vriend en vertelt me dat niet?' vroeg Astrid boos zodra ze buiten gehoorsafstand waren. 'Is dat de reden waarom je...'

'Mama, alsjeblieft!' onderbrak Sandra haar.

'Hoe het ook zij, Lukas heeft het recht te weten dat hij vader wordt', drong haar moeder aan.

'Ik weet het!' beet Sandra haar toe. 'Net zoals jij het toen ook meteen tegen Werner hebt verteld, of wat bedoel je?'

'Bij ons was de situatie helemaal anders', verdedigde Astrid zich. 'Werner was gehuwd, hij had een gezin. Ik ben er zeker van dat Lukas wil dat het goed met je gaat. Hij zal je niet onder druk zetten, maar je vrij laten beslissen.'

'Ik heb toch al gezegd dat ik met hem zal praten.' Sandra keek haar gekweld aan. 'Maar op dit moment ben ik er nog niet klaar voor.'

Ze gingen naar dokter Niederbühl voor hun afspraak. Ook tegenover Sandra's moeder benadrukte de arts dat Sandra een enorm risico nam als ze het kind wilde houden.

'U raadt dus een abortus aan?' vroeg Astrid onomwonden. Sandra kromp in elkaar.

'Het is natuurlijk een heel moeilijk en heel persoonlijke beslissing', antwoordde de arts. 'Maar als u mijn mening vraagt...' Hij wierp Sandra een meelevende blik toe en richtte zich dan weer tot Astrid. 'Uw dochter kan vanzelfsprekend ook nog de mening van een andere arts vragen.' Sandra kon haar tranen amper nog bedwingen. Heel even heerste absolute stilte in de spreekkamer.

'Je bent nog zo jong', zei Astrid ten slotte liefdevol. 'Je nieuwe leven is nog maar net begonnen. Je hebt nog veel tijd om kinderen te krijgen.' Maar het werd Sandra plotseling allemaal te veel.

'Ik moet hier weg!' riep ze en ze rende de praktijk uit.

Het leven had haar een geweldige kans geschonken. Dat herhaalde Sandra steeds opnieuw bij zichzelf terwijl ze helemaal van streek door het park wandelde. Ze mocht die kans niet zomaar op het spel zetten. Aan de andere kant, waarom moest ze kiezen? Tussen haar leven en dat van de baby... De baby van haar en Lukas... Ze probeerde tevergeefs haar gedachten op een rijtje te zetten. Mocht ze voor een kind haar eigen leven in gevaar brengen? Wie weet zouden ze dan allebei sterven. En dan had Annika's dood geen zin gehad.

'Wat doe jij hier?' Verrast liep Werner in de lobby naar Astrid en hij begroette haar met een kus. 'Fijn je te zien.'

'Ja, dat vind ik ook...' Ze zag er afwezig en bedrukt uit. 'Weet jij waar Sandra is?'

'Aha, dus je bezoekt je dochter en niet mij', stelde hij vast. Ze knikte. 'Wat is er aan de hand?' Astrid beet op haar lip. Hij had de afgelopen dagen toch al gemerkt dat Sandra van streek was. En dus drong hij er bij Astrid op aan hem de waarheid te vertellen.

'Ik heb haar beloofd dat ik het niemand zou vertellen', zei ze afwerend.

'En ik ben niemand?' vroeg hij boos. Hij was toch Sandra's vader! Maar Astrid had haar dochter toch haar woord gegeven. Vastberaden pakte Werner haar bij de arm. 'Ofwel vertel je me nu wat er met onze dochter aan de hand is ofwel ga ik nu naar haar toe en vertel haar dat jij me alles hebt verteld', zei hij dreigend. 'Dan vertelt ze me het zelf en is ze boos op jou.'

'Dat zal ze sowieso zijn', zuchtte Astrid.

'Ik zal haar wel vertellen dat ik je ertoe heb gedwongen. Vertel op!' Astrid gaf het op. Alleen al omdat het hele probleem haar ook boven het hoofd dreigde te groeien.

'Sandra is zwanger.' Het duurde even voor Werner het nieuws had verwerkt, maar toen begon hij te stralen.

'Maar dat is toch goed nieuws!' vond hij. Hij zou opnieuw grootvader worden.

'Normaal gezien wel, ja,' stemde Astrid met hem in, 'maar niet in Sandra's geval. Want zij heeft een donorhart en dat zou weleens tot complicaties kunnen leiden. Dokter Niederbühl raadt een zwangerschap nadrukkelijk af.'

7

Astrid en Werner hadden besloten 's avonds samen met hun dochter te dineren en samen een oplossing te vinden. Toen Sandra de woonkamer in kwam, zag ze dat er geen wijnglazen op de tafel stonden. Ze besefte meteen hoe de vork in de steel zat.

'Heb jij hem...?' Ze keek haar moeder verwijtend aan.

'Wees niet boos op Astrid', kwam Werner ertussen. 'Ik heb het als het ware uit haar gesleurd.'

'Het spijt me', verontschuldigde Astrid zich zacht.

'En het is niet meer dan juist dat ze me op de hoogte heeft gebracht', ging Werner voort. 'Je kunt dit niet alleen aan. Niemand kan dat.' Hij keek zijn dochter zo liefdevol aan dat ze niet anders kon dan zijn blik ontroerd te beantwoorden. 'Je moeder heeft me ook verteld dat dokter Niederbühl aanraadt de zwangerschap te onderbreken.'

'En?' Sandra nam meteen een koppige houding aan.

'Je speelt met je leven als je dat kind wilt houden', zei hij.

'Dat is mijn beslissing', zei ze. 'Ongeacht wat dokter Niederbühl allemaal zegt.'

'Ik wil je gewoon mijn mening zeggen.' Werner probeerde ontspannen te klinken. 'Je vergist je als je denkt dat je dit kind per se moet krijgen. Ik geef toe dat ik me niet kan voorstellen hoe het voelt om een kind in je te dragen. En ik kan alleen maar vermoeden hoe moeilijk deze beslissing voor je is. Maar aan de andere kant, dit is vast niet de laatste kans die je krijgt om moeder te worden.' Nu nam Astrid het woord.

'Ik zou je als moeder nooit een abortus aanraden.' Ze wist namelijk zelf hoe heerlijk het was een kind te hebben. 'Maar in deze situatie beveel ik het je toch aan.'

'Er zijn gewoon te veel bezwaren om de zwangerschap door te zetten.' Sandra keek haar vader ontdaan aan. 'En bovendien ben ik egoïstisch', ging hij opvallend vrolijk verder. 'In tegenstelling tot jouw lieve moeder ken ik jou namelijk nog maar net.' En hij wilde haar niet zo snel weer kwijt. Dat begreep Sandra allemaal wel. Maar het hielp haar niet om tot de juiste beslissing te komen.

'Ik vrees dat ik deze beslissing alleen moet nemen. Jullie hebben jullie al genoeg gemoeid.' Ze stond op. Astrid probeerde haar tevergeefs tegen te houden. 'Laat me alsjeblieft met rust!' Terwijl de tranen over haar wangen stroomden, stormde Sandra de woonkamer uit.

'We moeten respecteren dat ze rust nodig heeft om te beslissen', zuchtte Astrid. De twee maakten zich terecht zorgen om hun dochter. 'Maar Sandra is sterk. Denk maar aan wat ze allemaal al heeft meegemaakt. Haar harttransplantatie. Dat ik tegen haar heb gelogen over haar vader...'

'Net daarom maak ik me zorgen', bekende Werner. 'Jij hebt je kind ook in je eentje grootgebracht. En Sandra is eigenzinnig. Ik vrees dat ze het kind wil houden. Alleen, zonder haar gezond verstand te gebruiken.'

'Het is nu eenmaal geen gemakkelijke beslissing', antwoordde Astrid. Zij had het toentertijd ook helemaal niet gemakkelijk had toen ze had vastgesteld dat ze zwanger was.

'Maar jij had slechts één probleem.' Namelijk dat ze niet op hem kon rekenen. 'Sandra daarentegen zet haar eigen leven op het spel.' Werner kon zijn emoties amper onder controle houden. 'Ik zou het niet kunnen verdragen dat ze...' Hij kreeg niet over zijn lippen wat hij het meest vreesde, namelijk dat Sandra zou sterven. 'Ze moet inzien dat zijzelf belangrijker is dan dat kind. Als het moet, breng ik haar hoogstpersoonlijk naar een abortuskliniek.' Astrid dacht er net zo over. Ze kon zich geen leven zonder haar dochter voorstellen.

'Toch begrijp ik haar', gaf ze toe. 'Het gevoel dat je een kind zult krijgen, is onbeschrijflijk. Vanaf het begin.' Zijzelf was ook eerst ontzet geweest toen ze ontdekte dat ze zwanger was, en ze had ook lang getwijfeld. 'Maar als ik eerlijk ben, moet ik nu toegeven dat ik toen al meteen wist dat ik nooit afscheid zou kunnen nemen van dat wezentje in mij.' Hij begreep wat ze bedoelde.

'Dus je bedoelt dat jij vindt dat als Sandra voor het kind kiest...'

'... wij ons daarbij moeten neerleggen', vulde ze aan. 'Hoe moeilijk dat ook is voor ons.'

Sandra stond ondertussen in haar kamer voor de spiegel. Ze had één hand op haar buik gelegd en praatte nu met haar baby.

'Ik weet welk risico ik neem als ik je hou', mompelde ze. 'We kunnen allebei sterven. Maar jij bent het enige wat ik nog heb van Lukas. Ik kan je toch niet zomaar afstaan?'

Officieel was er nog niets veranderd aan Hildegards ontslag. Ze ging nog niet aan het werk, want de keuken was tot nader order nog altijd gesloten, maar ze wandelde de volgende ochtend wel samen met haar man naar het hotel. Net voor het Fürstenhof kwamen de Sonnbichlers Charlotte tegen, die van de gelegenheid gebruikmaakte om nog een keer persoonlijk met Hildegard te spreken.

'Ik betreur ten zeerste dat Werner u heeft ontslagen', bekende ze meteen. 'Maar hij had weer eens een uitlaatklep nodig. Het is gewoon een heel vervelende zaak...'

'Dat hoeft u mij niet te vertellen', bromde Hildegard. Ze bleef er in elk geval bij dat ze verontschuldigingen van Werner verwachtte.

'We moeten er eerst voor zorgen dat hij u weer in dienst wil nemen', vond Charlotte.

'Maar dat alleen volstaat niet!' zei mevrouw Sonnbichler boos. 'Ik ben dat autoritaire gedoe beu!' Uitgerekend op dat moment kwam Werner voorbij.

'Morgen', groette hij hen terneergeslagen. Hildegard keek hem alleen maar vijandig aan.

'Goedemorgen', beantwoordde Charlotte zijn begroeting. 'Zou ik je even kunnen spreken?' Maar Werner luisterde niet naar haar. Hij richtte zich meteen tot mevrouw Sonnbichler.

'Trouwens, het spijt me', zei hij. 'Ik ben grof tegen u geweest. Uw ontslag wordt natuurlijk ingetrokken. Met onmiddellijke ingang.' De twee vrouwen keken elkaar perplex aan. Hij knikte alleen nog en liep voort.

'Wat krijgt die nu?' vroeg Hildegard verbaasd.

'Misschien de goede invloed van een vrouw...' Charlotte grijnsde. Ze had vernomen dat Astrid Ostermeyer sinds de vorige dag weer in het Fürstenhof verbleef. Hoe dan ook, de zaak was er wel door opgelost.

'Ik heb een beslissing genomen.' Sandra zat in de spreekkamer van dokter Niederbühl en probeerde te glimlachen. 'Anders doen mijn ouders me iets aan.'

'Bent u zeker?' Michael keek haar onderzoekend aan. Ze knikte dapper.

'U had me al doorverwezen naar een gynaecoloog', zei ze toen. 'Denkt u dat hij... Ik bedoel... dat het meteen kan worden gedaan?' De arts knikte instemmend.

'Ik zal in de verwijsbrief vermelden dat de abortus om medische redenen noodzakelijk is', legde hij uit. Hij kon ook meteen een afspraak voor Sandra maken als ze dat wilde.

'Ja, dat zou lief zijn.' Ze wilde alles zo snel mogelijk achter de rug hebben. 'Ik wou dat het al voorbij was.' Ze moest duidelijk moeite doen om haar zelfbeheersing te bewaren.

'En Lukas?' vroeg hij voorzichtig. Ze ontweek zijn blik. 'U hebt niet met hem gesproken?' Nee, dat had ze niet gedaan. En ze zou het ook niet meer doen.

Michael had het moeilijk met de hele zaak. Vanzelfsprekend was hij als arts gebonden aan het beroepsgeheim. Maar Lukas was nu eenmaal zijn beste vriend.

'Vraag me alsjeblieft niet waarom ik je dit vraag, maar... Heb jij nog met Sandra gesproken?' Verrast keek Lukas op van de sollicitatiebrieven die hij aan het schrijven was, hij moest tenslotte een nieuwe baan zoeken. 'Praat gewoon met haar als je de kans krijgt, oké?' Michael wilde weer weggaan, maar Lukas liet hem er niet zo snel van afkomen.

'Wacht eens even!' riep hij. 'Dit moet je me toch even uitleggen.'

'Dat kan niet', zuchtte de arts. 'Ik ga nu al veel te ver.'

'Is het zo erg?' Michael zweeg bedrukt. 'Ik zou niets liever doen dan met Sandra praten', beweerde Lukas. 'Maar zij wil niet met mij praten. Ik denk dat ik haar beter wat tijd gun. En afstand hou.'

'Dat klopt, maar toch...' Michael zweeg. Hij mocht niet meer verraden. Hij dacht koortsachtig na. Toen kreeg hij een idee. 'Heb je tijd om naar de apotheker te gaan en een geneesmiddel voor me op te halen dat ik heb besteld?' vroeg hij zijn vriend. Lukas aarzelde even maar stemde dan toch in. 'Je moet het deze ochtend om tien uur doen. Dan wordt het geleverd en ik heb het meteen nodig.' De arts overhandigde Lukas het recept.

Astrid en Werner waren blij dat hun dochter had beslist abortus te plegen. Ze zouden Sandra in deze moeilijke periode zo goed ze konden steunen. Sandra hield zich dapper. Dokter Niederbühl was erin geslaagd die ochtend om tien uur een afspraak bij de gynaecoloog te regelen.

'Zal ik met je meegaan?' bood haar moeder aan. Sandra schudde krachtig haar hoofd.

'Nee, niemand kan me hierbij helpen. Ik doe het liever alleen.'

Tanja en Nils waren naar het ziekenhuis geweest. Het kamermeisje bracht nu het verslag van de arts naar Michael.

'Na de CT-scan heeft men gezegd dat alles in orde was...' Maar ze klonk nog altijd bezorgd.

'Dat is het ook.' Michael had het verslag snel doorgenomen. 'Je Nils heeft alleen maar een lichte hersenschudding. Als hij de komende dagen geen stommiteiten uithaalt, is hij binnen de kortste keren zo gezond als een vis.' Ze haalde opgelucht adem.

'Als ik er nog maar aan denk dat hem ook iets ernstigs had kunnen overkomen...' Haar stem beefde. 'Wat voor een vrouw ben ik toch?!' liet ze plotseling ontvallen. 'Ik bedrieg mijn man terwijl hij mij nodig heeft!'

'Dat is helemaal niet waar', protesteerde Michael hulpeloos.

'Ach nee, omdat ik niet nog een keer met je het bed in ben gedoken, maar je alleen maar heb gekust, zeker?' snoof ze. 'Maar het was wel op dat moment dat hij een elektrische schok kreeg en viel.'

'Het ene heeft toch niets met het andere te maken?' Maar Tanja dacht daarover anders. Ze hield het zo niet langer vol. Michael begreep het. 'Je wilt hem dus niets over ons vertellen...'

'Ik heb Nils al zo vaak pijn gedaan', antwoordde ze vertwijfeld. 'Ik zou zijn hart breken. En ik wil niet dat mijn huwelijk spaak loopt.' Dat zou ze niet aankunnen. Ze keken elkaar lang in de ogen.

'Je houdt nog altijd van hem', zei Michael bedroefd.

'Ja... Nee...' Tanja wist niet wat te zeggen, maar herstelde zich toen. 'Natuurlijk hou ik van Nils. Anders was ik toch niet met hem getrouwd? Maar jij... Jij...' Ze zweeg. Ze kreeg niet over haar lippen dat ze ook van Michael hield. 'Je weet dat ik wat voor je voel. Veel zelfs.'

'Maar niet genoeg', stelde hij ontgoocheld vast.

'Hoe vaak moet ik het je nog zeggen?' Ze was helemaal van streek. 'Ik weet niet wat ik moet doen. Ik kan niet kiezen. Ik wil niet kiezen. Maar ik wil ook niet...' Ze wist in elk geval wel dat het zo niet verder kon. 'Maar ik weet echt niet hoe het wel verder moet!' Ze kon haar tranen amper bedwingen.

'Tanja?' Michael sprak haar fluisterend toe.

'Ja?'

'Ik wil maar één ding: dat is dat jij gelukkig bent. En je hebt al een keuze gemaakt, want je bent gehuwd.' Hij keek haar liefdevol aan en gaf haar dan een lieve kus. Als afscheid. Hij liet haar vrij. Het was het beste zo.

Ook Tanja besefte dat. Toch weende ze toen ze in de waskamer schone handdoeken bij elkaar zocht. Plotseling dook Hildegard voor haar op.

'Maar liefje toch!' Bezorgd keek mevrouw Sonnbichler haar aan. 'Heb je weer ruzie gemaakt met de dokter?'

'Nee, nee. Ik heb het uitgepraat met Michael. Hij heeft aanvaard dat ik van Nils hou. En hij heeft me losgelaten.' Het kamermeisje snufte.

'Dan is toch alles in orde?' Tanja knikte heftig.

'Ik wil met Nils gelukkig worden', zei ze. 'Dat hebt u me toch ook aangeraden?'

'Doe het dan ook', spoorde Hildegard haar aan.

'Maar hoe weet je wanneer een beslissing de juiste of de foute was?' vroeg Tanja dan wanhopig.

'Dat weet je nooit', antwoordde mevrouw Sonnbichler. 'Maak nu maar het beste van je huwelijk. En onthou waarom je op je man verliefd bent geworden. Dat weet je toch nog?'

'Nils is lief, betrouwbaar, ziet er goed uit, kan me aan het lachen brengen, Fabien is dol op hem...' Ze kon heel wat redenen bedenken. 'Maar stel je voor dat ik die andere niet uit mijn hoofd krijg...'

'Het huwelijk beschermt je niet tegen verleidingen.' Hildegard glimlachte liefdevol. 'Maar ik zal je het geheim van Alfons en mij verklappen. We respecteren elkaar zoals we zijn. En we maken tijd voor elkaar. Telkens opnieuw maken we heel bewust tijd voor elkaar, alleen voor ons tweeën.' Haar woorden zetten Tanja aan het denken.

Sandra stond in het dorp, voor de deur van de gynaecologenpraktijk. Het was bijna tijd voor haar afspraak. Maar ze durfde niet naar binnen te gaan. Ze kreeg een kind! Ze kon dat toch niet zomaar vermoorden? Zeker niet voor ze met Lukas had gesproken. Het was tenslotte ook zijn baby!

Aan de overkant liep Lukas in de richting van de apotheek om het mysterieuze geneesmiddel op te halen. Hij zag Sandra meteen. Hij keek verlangend naar haar en stak de straat over.

'Sandra? Hallo, Sandra!' Ze had net de klink van de deur vast.

'Wat doe jij hier?' vroeg ze verbaasd.

'Dat kan ik jou ook vragen.' En hij wees bezorgd naar het naamplaatje naast de deur. 'Is er iets met je aan de hand?'

'Gewoon een routineonderzoek', zei ze snel.

'Je kijkt alsof je naar een begrafenis moet.' Ze slikte. 'Wat is er? Je kunt me toch alles vertellen?' Ze schudde bedroefd haar hoofd. 'Het ergste heb ik toch al achter de rug', drong hij aan. 'Je hebt het uitgemaakt. Maar ik leef nog, dus?'

'Er is niets aan de hand!' Hij fronste zijn voorhoofd. Hij kon en wilde haar niet nog meer onder druk zetten.

'Goed dan. Je weet me te vinden als je me nodig hebt.' Hij gaf haar een kus op haar voorhoofd en liep voort. Ze keek hem wanhopig na. Toen draaide ze zich plotseling om en rende in de tegenovergestelde richting weg.

Dat Lukas uitgerekend op dat moment op die plek was verschenen... Alsof hij had gevoeld dat er wat aan de hand was.

Alsof hij Sandra had willen tegenhouden, een vergissing had willen voorkomen. Ze kon zich trouwens niets mooiers voorstellen dan een kind van hem te krijgen! Oké, de zwangerschap was natuurlijk een risico. Maar waarom moest men altijd meteen van het ergste uitgaan? Vanaf nu wilde ze alleen maar vreugdevol uitkijken naar de komst van haar baby. Ze zou meteen stoppen met zich zorgen te maken. Ooit zou zijn moeder Sandra niet meer kunnen chanteren. En dan zouden Lukas en zij weer samen zijn.

Astrid en Werner waren in elk geval verbijsterd toen ze hoorden dat Sandra toch had besloten het kind te houden.

'Je speelt met je leven!' riep Astrid en Werner sloot zich bij haar aan: 'Die operatie, je harttransplantatie, het is allemaal voor niets geweest!' Sandra was zich maar al te goed bewust van de risico's. 'Waarom ben je dan van mening veranderd?'

'Ik hoef me niet te verantwoorden voor jullie', zei Sandra. Maar haar moeder bleef aandringen hun ten minste te vertellen waarom ze het deed. 'Ik denk gewoon dat ik het kind een kans moet geven. De artsen zeggen wel dat er complicaties kunnen optreden, maar dat is niet zeker.' Zelf was ze ervan overtuigd dat alles goed zou gaan.

'Wat een sentimentele onzin!' barstte haar vader uit. 'Ik bel meteen dokter Niederbühl, zodat hij je nog eens alle redenen kan opsommen om de zwangerschap te onderbreken.' Hij greep de telefoon.

'Dat zal niets aan mijn mening veranderen', zei Sandra koppig. 'Het is mijn lichaam en mijn leven! En het is dan ook mijn beslissing!' Ze verdween in haar kamer.

'Blijf nu toch...' Hulpeloos liet Werner de telefoon zakken.

'Het heeft geen zin', zuchtte Astrid. Ze kende haar dochter maar al te goed.

'Maar we moeten haar tegen zichzelf beschermen!' zei hij boos en hij wilde Sandra achternalopen. Astrid hield hem echter tegen.

'Laat mij het proberen.'

'Ik heb je altijd al bewonderd voor je doorzettingsvermogen en karakter.' Astrid zat naast haar dochter op haar bed. 'Je bent een echte vechtster. Maar denk je echt dat je nu de juiste beslissing neemt? Het gaat hier tenslotte over leven of dood.'

'Het is niet de eerste keer dat het bij mij om leven of dood gaat', zei Sandra met een scheef lachje.

'Stel dat je zwangerschap goed verloopt...' Sandra ging daarvan uit. 'Dan heb je nog een probleem. Het kind is van Lukas. Jij hebt het uitgemaakt met Lukas. En je zegt dat je niet meer van hem houdt.' Sandra zweeg. Het was haar moeder niet ontgaan dat de foto's van Lukas nog altijd in haar kamer stonden. Ze besefte dat Sandra nog altijd van hem hield. 'Maar waarom heb je het dan uitgemaakt?'

'Ik kan er niets over zeggen.' Meer wilde Sandra ook echt niet kwijt. 'Ik heb een vreselijke tijd achter de rug. Die baby is als een geschenk uit de hemel.'

'Ik zou heel graag je vreugde delen.' Maar Astrid stond doodsangsten uit om haar dochter.

'Ik heb informatie opgezocht op het internet.' In veel gevallen verliep een zwangerschap na een harttransplantatie wel goed. 'Bij mij zal ook alles goed gaan, dat weet ik gewoon.'

'Je bent een stijfkop!' kreunde Astrid.

'Ik zou graag met vreugde uitkijken naar mijn kind.' Sandra keek haar moeder smekend aan.

8

Afgezien van hun moeilijke zoektocht naar een eigen woning waren Katja en Ben de laatste tijd best gelukkig. Maar één telefoontje volstond om hun weer de stuipen op het lijf te jagen. Het was Wassily Smyslow, de Russische crimineel aan wie ze eerder al geld schuldig was geweest. Hij chanteerde haar. Ze moest uit een museum in Wenen nog een keer een schilderij stelen.

'Als ik dat niet doe, zorgt hij ervoor dat mijn vader het in de gevangenis zwaar te verduren krijgt', vertelde ze Ben geschokt. Hij werd lijkbleek. 'Het museum in Wenen is zwaar beveiligd', ging ze vertwijfeld voort. 'Het beschikt over de beste beveiligingssystemen.'

'Je overweegt toch niet om die inbraak te plegen?!' vroeg Ben ontzet.

'Als ik dat schilderij niet steel, maken ze papa af!' Ben geloofde niet dat Smyslow echt de kans zou krijgen haar vader iets aan te doen. 'Zijn opdrachtgever is heel machtig. Hij heeft overal mannetjes zitten! Jij hebt er geen flauw idee van hoe het er in de gevangenis aan toegaat. Die hebben al lang iemand in de buurt van mijn vader zitten.'

'Overdrijf niet zo', protesteerde hij. 'Er zijn toch cipiers voor iets.'

'En als die tijdens het douchen vijf minuten de andere kant op kijken?' vroeg Katja bezorgd. 'Of de opdracht zelf uitvoeren omdat ze zijn omgekocht?!' Hij begreep haar angst.

'Maar je wilt toch niet opnieuw een misdaad plegen? Je bent je vader niets verschuldigd!' Hij had Katja alleen maar ongelukkig gemaakt.

'Zou jij dat ook zeggen als het om je moeder ging?' Ben verstarde.

Niet veel later kreeg Katja haar eerste instructies van Smyslow. Iemand had onder de deur van Nils' woning een aan haar geadresseerde brief geschoven. In de envelop zat een vliegtuigticket naar Wenen en een kaartje voor een kunsttentoonstelling in het betreffende museum. Katja staarde er als verlamd naar.

Toen haar broer thuiskwam, verstopte ze snel alles onder een kussen.

'Vaders advocaat heeft gebeld', vertelde Nils. 'Hij heeft een ongeluk gehad in de gevangenis.' Zijn zus hield haar adem in. 'Op weg naar de douche. Een van de gedetineerden zou niet goed hebben opgelet.'

'Wat is er dan gebeurd?' vroeg ze angstig.

'Niets ernstigs', antwoordde hij. 'Er is een kist op zijn tenen gevallen. Ik begrijp niet goed waarom hij dat heeft laten weten. Maar vader vond het blijkbaar belangrijk dat we het wisten. Zou hij nu verwachten dat we medelijden krijgen of zo?'

'Hoe kun je zo gevoelloos zijn?!' verweet Katja hem. Ze was doodongerust.

'Vader heeft zichzelf dit aangedaan', vond Nils. 'En hij heeft ons er lang genoeg bij betrokken.' Hij wilde er niets meer over horen. Hij wist natuurlijk niet dat zijn zus onder druk werd gezet.

Katja wist niet wat ze moest doen. Had het zin om naar Wenen te vliegen en eens een kijkje te gaan nemen in het museum? Of moest ze het erop wagen en haar vader weer iets laten overkomen, al kon ze erop rekenen dat het de volgende keer ernstiger zou zijn? Ze kon het in geen geval met Ben bespreken. Ze zou het helemaal alleen moeten beslissen.

Charlotte, Werner en Cosima hielden opnieuw een crisisvergadering. Meneer Fuchs van de bank had gebeld en hij was erg bezorgd omdat de keuken van het Fürstenhof gesloten was.

'De salmonellakwestie heeft voor heel wat negatieve reclame gezorgd en ze heeft onze reputatie geschaad', stelde Cosima bijna met genoegen vast.

'Ik denk soms dat iemand ons bewust heeft willen schaden.' Charlotte zuchtte. Cosima vertrok geen spier. 'In elk geval moet het Fürstenhof de reservaties voor de volgende twee maanden voorleggen.'

'Kunnen ze dat zomaar eisen?' vroeg Werner ongerust. Zijn ex-vrouw haalde hulpeloos haar schouders op. 'Sinds die vervelende kwestie krijgen we de ene annulering na de andere. En er komen amper nieuwe reserveringen binnen.'

'Ik begrijp dat u nerveus bent.' Cosima richtte zich gespeeld medelevend tot Werner. 'Als het zo voortgaat, komt de bank misschien nog op het idee uw aandelen te verkopen.' Werner kromp tot genoegen van Cosima in elkaar. 'We kunnen de eis van meneer Fuchs niet negeren. Anders maken we alles nog erger. Wie houdt zich daarmee bezig?'

'Ik', zei Charlotte.

'Dat is dan opgelost.' Cosima stond op. Ze had een afspraak voor een massage.

Charlotte en Werner zaten een tijdje zwijgend samen.

'De bank mag de cijfers niet zien', zei Werner toen. 'Ze zijn veel te slecht.' Hij keek somber. Hij wist dat Cosima gelijk had. 'Als ze bij de bank merken dat het niet goed gaat met het Fürstenhof, kunnen ze beslissen mijn aandelen te verkopen. We moeten iets bedenken!' Zijn ex-vrouw keek hem kritisch aan.

'Vergeet het.' Ze vermoedde dat hij van plan was met de cijfers te knoeien. 'We spelen het eerlijk.' Hij wuifde haar bezwaar weg.

'Eigenlijk heb ik wel andere zorgen aan mijn hoofd', zei hij bedroefd. Ze keek hem bezorgd aan.

Astrid had haar spullen bij elkaar gezocht, ze moest dringend naar München, maar zou de volgende dag al terugkeren.

'Heb jij Sandra nog tot rede kunnen brengen?' wilde Werner weten. Ze schudde bedroefd haar hoofd.

'We laten haar het beste even met rust', zei ze hem. 'Misschien wil ze er binnenkort wel over praten.' Maar Astrid piekerde ook over wat anders. 'Stel dat Sandra gelijk heeft en dat ze het kind zonder problemen ter wereld kan brengen?'

'Ze kan net zo goed Russische roulette spelen', snoof hij.

'Ze is volwassen', antwoordde Astrid rustig. 'Als ze niet naar ons wil luisteren...' Ze konden hun dochter niet dwingen.

'Maar ik kan mijn dochter toch niet met open ogen in haar ongeluk laten lopen?' Hij was echt ten einde raad. Hij zou in geen geval toelaten dat ze zo'n risico nam.

Lukas had het gesprek tussen de twee voor het Fürstenhof van ver in de gaten gehouden en hij was er zeker van dat er iets ernstigs aan de hand was met Sandra. Hij ging meteen naar haar op zoek en vond haar op een bank in het park. Maar net toen hij naar haar toe wilde gaan, zag hij dat Simon van de andere kant naar haar toe ging en haar vrolijk begroette. Hij trok zich snel en ongemerkt terug.

Tanja was erg onder de indruk van Hildegards goede raad over het huwelijk. Ze wilde Nils verrassen. Ze hadden nog geen huwelijksreis gemaakt en daarom nodigde ze hem uit voor een citytrip Venetië.

'We kunnen overmorgen al vertrekken.' Ze had alles al geboekt. 'Dan kunnen we nog een beetje van het carnaval meepikken.'

'Wat ben je ineens gehaast', stelde hij verbaasd vast, maar vond het een geweldig idee.

'Belangrijke dingen mag je niet op de lange baan schuiven', zei ze. 'En in een goed huwelijk moet men tijd voor elkaar maken zodra daartoe de kans bestaat. En dat is nu!'

'Je bent niet goed wijs, maar zo heb ik het graag!' Hij kuste haar liefdevol.

'Ik wil maar één ding en dat is bij jou zijn.' Ze zei het zo passioneel mogelijk.

'Dan moet ik morgen meteen naar dokter Niederbühl.' Nils was nog altijd in ziekteverlof, al voelde hij zich al veel beter. 'Hij moet me weer gezond verklaren, anders mag ik niet met vakantie.' Dat Michael erbij betrokken zou worden, deed Tanja innerlijk gruwen, maar ze liet niets merken aan Nils.

Charlotte had de reservaties voor de volgende twee maanden uitgeprint. Het resultaat was nog erger dan Werner had gevreesd. Het Fürstenhof stond er echt niet goed voor.

'Er is nog niets verloren', probeerde Charlotte hem moed in te spreken. 'We werken samen met meneer Fuchs. Hij vertrouwt me.'

'Veel succes.' Werner wierp zijn ex-vrouw een flauw glimlachje toe. 'Maar ik zie het toch niet zo positief in.'

'Geef je het op?' Zo kende ze hem niet. 'Wat is er toch met je aan de hand?' Hij zuchtte. 'Je weet toch dat je me alles kunt vertellen...' Hij aarzelde, maar knikte toen.

'Het gaat om Sandra', begon hij bezorgd.

Charlotte luisterde ontzet naar wat hij haar allemaal te vertellen had.

'Sandra krijgt het hard te verduren', zei ze vol medeleven. Ze kon Werner geen betere raad geven dan zijn dochter even rust te gunnen. Maar hij was vastbesloten Sandra op andere gedachten te brengen. Ongeacht wat hij daarvoor moest doen.

Sandra zat ondertussen weer bij Michael in de spreekkamer en deelde hem mee dat ze had besloten dat ze het kind wilde houden. Ze had verwacht dat hij haar zou proberen om te praten, maar hij respecteerde haar beslissing zonder bezwaar.

'U bent mijn patiënte en ik heb u al op de hoogte gebracht van de medische risico's die ermee gepaard gaan.' Hij zou haar zo goed mogelijk begeleiden.

'Dank u!' zei ze uit de grond van haar hart. 'U bent de eerste die me niets verwijt.'

'Persoonlijk vind ik wel dat u een fout maakt', voegde hij eraan toe. 'Maar ik vrees dat ik tegen een stijfkop als u niets kan beginnen.' Ze keken elkaar glimlachend aan. 'U moet een nieuwe afspraak bij de gynaecoloog maken', zei hij haar. 'Daarna zal ik in overleg met hem en met uw cardioloog de dosering van de immunosuppressiva aanpassen.' Ze zou regelmatig naar zijn praktijk moeten komen. 'We moeten vooral regelmatig uw bloed controleren om afstotingsverschijnselen zo snel mogelijk vast te stellen.'

'Ik vind een prikje helemaal niet erg.' Een prik om bloed af te nemen stelde echt niets voor in vergelijking met wat Sandra allemaal al had meegemaakt.

'Daarnaast moeten we regelmatig een echo maken en de bloeddruk en de werking van nieren en hart controleren...' Ze was tot alles bereid.

'Meneer Konopka!' Lukas zag Simon in de lobby en riep hem bij zich. 'Ik maak me grote zorgen om Sandra. Er lijkt iets mis te zijn met haar gezondheid.' Verbaasd keek Simon hem aan. Hij wist van niets. Lukas geloofde hem echter niet. 'Natuurlijk,' zei hij verbitterd, 'waarom zou u het mij ook vertellen? Ik ben toch maar de lastige ex-partner en ik heb niets meer met haar te maken.'

'Meneer Zastrow, u vergist zich.' Simon had het er moeilijk mee vol te houden dat hij de nieuwe vriend van Sandra zou zijn. 'U vergist zich op veel vlakken.' Lukas begreep er niets van.

'We houden allebei van Sandra', zei hij daarom. 'Ik wil niet dat haar iets overkomt. U vast ook niet. Zorg dus alsjeblieft goed voor haar.'

Lukas' vragen hadden Simon argwanend gemaakt en daarom nodigde hij zijn nicht uit voor het avondeten. Hij hoefde niet lang aan te dringen voor ze hem vertelde dat ze zwanger was. Dat ze ondanks alle risico's ervoor koos de baby te houden, joeg hem angst aan. Maar ze vroeg hem haar niet te proberen om te praten.

'Lukas Zastrow had meteen door dat er iets met je aan de hand is', vertelde hij haar. 'Ik moest hem bij hoog en bij laag beloven dat ik goed voor je zou zorgen.' Sandra keek hem weemoedig aan. 'Wanneer zul je hem vertellen dat je zwanger bent?'

'Als Lukas weet dat ik een kind van hem krijg...' Ze schudde heftig haar hoofd. 'Hij zal zo lang aandringen tot ik vertel waarom ik hem in de steek heb gelaten, dat ik niet anders zal kunnen dan de waarheid te vertellen.'

'Dat zou ook het beste zijn', vond Simon.

'Maar Lukas is niet diplomatisch.' Sandra vreesde dat hij door het lint zou gaan en zijn moeder erover zou aanpakken. 'En die vrouw is echt de duivel in eigen persoon. Ze brengt haar dreigement gegarandeerd tot uitvoering. Ze zal er niet aan twijfelen om haar zoon uit te leveren aan de politie. En in hun ogen heeft Lukas een motief, namelijk de erfenis van Rosalie.' Om nog maar te zwijgen van het valse alibi. 'Mijn enige hoop is dat Rosalie eindelijk uit haar coma ontwaakt.' Alleen Rosalie kon vertellen wat er echt was gebeurd. Maar zolang dat niet gebeurde, zou ze geduld moeten hebben.

Katja had Ben verteld dat ze de nacht bij Nils zou doorbrengen omdat het nog altijd niet goed ging met hem. Tegen haar broer zei ze echter dat ze de nacht bij Ben zou doorbrengen. In werkelijkheid nam ze het vliegtuig naar Wenen.

De volgende ochtend kwamen Ben en Nils elkaar toevallig tegen. Nils was op weg naar dokter Niederbühl. Ze praatten even en Ben besefte meteen dat Katja tegen hem had gelogen en hij vermoedde natuurlijk waarom. Ze wilde echt toegeven aan Smyslows chantagepoging. Nils merkte niet dat Ben was geschrokken en nam onbekommerd afscheid.

Nadat Michael hem had onderzocht, besloot de arts dat op medisch vlak alles weer in orde was.

'Betekent dat dat ik weer aan de slag kan?' vroeg Nils stralend.

'De meeste mensen vragen of ze toch niet beter nog enkele dagen thuis zouden blijven', zei Michael lachend. 'U werkt blijkbaar wel heel erg graag.'

'Dat is zo', antwoordde Nils. 'Maar in dit geval gaat het om iets anders. Tanja en ik willen namelijk op huwelijksreis vertrekken. Morgen al! Naar Venetië.' Michael voelde zich alsof hij een stomp in zijn maag had gekregen.

'En Fabien?' vroeg hij geschrokken.

'Die gaat natuurlijk mee.' In het hotel dat Tanja had uitgekozen, was kinderopvang voorzien en de medewerkers spraken er Duits. Dokter Niederbühls gezicht betrok. 'Is er iets?'

'Tja...' De arts aarzelde. 'Het zit zo... Zo'n reis zou problemen kunnen veroorzaken. Wat uw gezondheid betreft, bedoel ik.'

'U zei toch net dat ik gezond ben?!' Nils begreep er niets van.

'Ja,' zei Michael kortaf, 'maar toen wist ik nog niet dat u op reis zou gaan. Eén reis is een fysieke inspanning en dat zou voor de ziekteverzekering weleens een reden kunnen zijn om u geen toestemming te geven om op vakantie te gaan.' Nils fronste zijn voorhoofd. 'Ik kijk voor alle zekerheid het verslag van de CT-scan nog even na.'

Even later kwamen de twee mannen de spreekkamer uit. Ze discussieerden nog altijd. Tanja kwam naar hen toe.

'En? Alles in orde?' vroeg ze.

'Ja en nee.' Nils keek haar bedrukt en geërgerd aan. 'De dokter vindt de reis te riskant.' Tanja keek Michael verbaasd aan.

'Excuseer?' De arts sloeg beschaamd de ogen neer.

'Ik ben blijkbaar niet gezond genoeg', voegde Nils er sarcastisch aan toe.

'Betekent dat dat onze huwelijksreis niet door kan gaan?!' Tanja kon haar oren niet geloven. Natuurlijk vond ze de beslissing van Michael verdacht. 'Zijn er echt medische redenen om de reis te verbieden?' vroeg ze en ze keek Michael strak aan.

'Ik ben als arts verantwoordelijk voor Nils en mag geen enkel risico nemen', probeerde hij zich eruit te praten.

'Je overdrijft!' verweet ze hem.

'Het zou voor je man beter zijn dat hij zich nog even kalm houdt', beweerde hij. 'Ik heb hem nog drie dagen arbeidsongeschikt verklaard. Als jullie me nu zouden willen verontschuldigen...' Hij ging er snel vandoor. Tanja kon van woede huilen. Maar Nils vroeg haar kalm te blijven. Hij had er natuurlijk ook geen idee van dat dokter Niederbühl weleens persoonlijke redenen in deze zaak kon hebben.

Werner had tegen alle goede raad in besloten nog eenmaal zijn dochter te proberen te overreden. Ze had helemaal geen zin om met hem over de zwangerschap te praten. Hij gaf het echter niet op.

'Sandra, je neemt krachtige geneesmiddelen!' zei hij haar. 'Stel dat je kind daardoor gehandicapt ter wereld komt?' Het was wel het laatste wat ze wilde horen.

'Als het je kan geruststellen, ik sta onder voortdurende controle van de artsen.' En ze zou niets doen wat haar baby op een of andere manier kon schaden.

'En hoe zit het met jouw gezondheid?' drong hij aan.

'Hou er alsjeblieft mee op je met mijn leven te bemoeien', antwoordde ze en ze probeerde kalm te blijven. 'Het gaat je niets aan.'

'Ik ben je vader!' barstte hij uit. 'Als jij sterft, verlies ik mijn dochter! En ik heb ze nog maar net gevonden en in mijn hart gesloten.'

'Ik zal niet sterven!' Ze keken elkaar wanhopig aan.

'Ben je daar wel zo zeker van? Hoe kun je me dit aandoen? En je moeder? En de vader van je kind? Het is zo egoïstisch!' De tranen sprongen Sandra in de ogen, maar hij was niet meer te stoppen. 'Wat zou je ervan vinden als het kind wordt geboren en geen moeder meer heeft?' Ze wilde weg en rende naar buiten. Maar hij kwam haar achterna. 'Wacht!' riep hij. 'Ik wil toch alleen maar het beste voor je?' Hij kon haar inhalen en hield haar staande. 'Als jouw hart tijdens de zwangerschap wordt afgestoten...' Dat risico bestond nu eenmaal.

'Ik kan het wezentje in mijn buik toch niet doden!' riep ze vertwijfeld.

'Dan doe ik het!' antwoordde hij. 'Ik kan niet toezien hoe mijn dochter zelfmoord pleegt.' Net op dat moment kwam Lukas de hoek om en hij zag de twee staan ruziën.

‘Kan ik helpen?’ vroeg hij bezorgd.

‘Nee, alles is in orde!’ zei Sandra geschrokken. Maar dat was buiten haar vader gerekend.

‘Er is helemaal niets in orde!’ barstte hij uit. ‘En ja, u kunt ons wel degelijk helpen. Sandra is namelijk zwanger!’ Het was eruit. ‘En als u echt van mijn dochter houdt, moet u haar ervan overtuigen haar zwangerschap te onderbreken!’

‘Bedankt!’ riep Sandra en keek haar vader woedend aan.

‘Je hebt me geen andere keuze gelaten’, verdedigde hij zich en hij ging er snel vandoor.

‘Nu begrijp ik het...’ Lukas had enkele seconden nodig gehad om te beseffen wat hij zonet had gehoord. Daarom was Sandra bij de gynaecoloog geweest. ‘Waarom heb je me dat niet verteld?’

‘Je weet het nu toch’, zei ze berouwvol.

‘Je bent zwanger! Dat is toch fantastisch nieuws!’ Hij wilde haar spontaan omhelzen, maar ze duwde hem van zich weg.

‘Misschien heb je wel helemaal geen reden om blij te zijn.’ Hij verstarde.

‘Wat bedoel je? Is het van Simon?’ Ze sloeg haar ogen neer.

‘Het is mijn kind. Dat is het enige wat telt.’ Toen liet ze hem alleen achter en rende terug naar het hotel.

Waarom had Werner zijn mond niet gehouden?! Sandra was razend. Lukas zou haar niet met rust laten tot hij wist van wie ze zwanger was. Hij had een moment lang zo gelukkig geleken... Hij was blij dat hij vader werd. Ze konden een gezin zijn. Als die feeks er maar niet was!

Lukas praatte ondertussen verder met Werner Saalfeld. Hij moest weten van wie het kind was. Werner ergerde zich. Hij begreep maar niet waarom Sandra had gedaan alsof het kind ook van Simon kon zijn. Maar hij had zichzelf al genoeg in moeilijkheden gebracht. Daarom vroeg hij Lukas Zastrow met zijn dochter zelf te praten.

Charlotte zat aan de computer. Ze had de reservaties naar de bank willen mailen, maar had zich op het laatste moment bedacht. Werners waarschuwing bleef maar door haar hoofd spoken. In een opwelling besloot ze de cijfers toch op te smukken.

Simon kwam het kantoor binnen om Charlotte te vragen een document te ondertekenen. Hij wierp toevallig een blik op het computerscherm en keek verbaasd op. Hij wist maar al te goed hoe het met de reservaties liep en hij zag meteen dat de cijfers vervalst waren.

'Waarom doe je dat?' Charlotte biechtte meteen de waarheid op.

'De bank zal Werners aandelen verkopen als meneer Fuchs ziet hoe slecht het met het Fürstenhof gaat', legde ze uit. 'We moeten aantonen dat we toch nog inkomsten hebben.'

'Maar dat is bedrog!' zei hij. 'Nu pas je zelf de methoden toe die jij bij Werner altijd verfoeide.' Zij had hem toch onlangs nog gevraagd zijn oom in de gaten te houden. 'Ik begrijp het niet.'

'We moeten deze ramp op een of andere manier te boven komen', zei ze in een poging zichzelf te verdedigen. Ze was zelf ook niet blij dat ze dit moest doen. 'Maar we staan aan de rand van een faillissement!'

'In elk geval is het strafbaar om de bank valse cijfers te geven', waarschuwde Simon haar.

'Ik doe het voor het Fürstenhof!' zei ze.

'Ik denk dat je het meer voor Werner doet', antwoordde hij kortaf.

'Ja, ook voor Werner', gaf ze toe. 'En voor iedereen die hier werkt.' Als haar bedrog zou worden ontdekt, zou ze er de verantwoordelijkheid voor nemen.

Tanja kon Michael pas na haar dienst op het matje roepen. Nu stond ze woedend voor hem in zijn spreekkamer. Zijn assistente had haar niet kunnen tegenhouden.

'Wat is de bedoeling van die flauwekul over Nils' gezondheid?' beet ze hem toe.

'Ik heb hem om medische redenen nog een paar dagen arbeidsongeschikt verklaard', beweerde hij.

'Dat heb je om heel andere redenen gedaan!' verweet ze hem. 'Je bent jaloers. En je wilt verhinderen dat wij op huwelijksreis kunnen!' Dat had ze goed geraden, maar dat kon hij natuurlijk niet toegeven. 'Ik dacht dat we het hadden uitgepraat?'

'Natuurlijk is het niet gemakkelijk voor me om jullie samen te zien', gaf hij nu eerlijk en berouwvol toe. 'Stel je eens in mijn plaats.'

'Jij interesseert me niet!' snauwde ze boos. 'Als die arbeidsongeschiktheid alleen maar een jaloerse zet van je is, kunnen we dus gewoon met vakantie vertrekken, niet?' Michael wilde zijn gezicht niet verliezen.

'Nils voelt zich nu misschien goed, maar stel dat er onderweg complicaties optreden?' vroeg hij toen. 'Daarom kan ik het niet toelaten.'

'Onzin!' ging ze boos voort.

'En als het misloopt, zul je me verwijten dat ik de gezondheid van je man opzettelijk op het spel heb gezet', verdedigde hij zich.

'Dit slaat nergens op!' Ze draaide zich om en verliet de spreekkamer zonder nog een woord te zeggen. Michael plofte neer op zijn stoel. Hij was er niet trots op dat hij zo had gelogen.

9

‘Welk spelletje ben jij aan het spelen?’ Sandra kromp in elkaar toen haar vader de woning in kwam en haar zo aansprak. ‘Het is ronduit schandalig te insinueren dat Simon de vader van je kind zou zijn!’

‘Dat heb ik niet gedaan’, protesteerde ze.

‘Je hebt laten uitschijnen dat het mogelijk is.’ Anders zou Lukas Zastrow het nooit aan Werner hebben gevraagd. ‘Wel, waarom?’

‘Om Lukas op afstand te houden’, beweerde ze.

‘En waarom gebruik je voor die zogezegde affaire uitgerekend je neef?’ bromde Werner.

‘Dat is toevallig gekomen’, antwoordde Sandra koppig.

‘Weet Simon eigenlijk dat hij vader wordt?’ drong Werner aan. Zijn dochter liet zich niet zomaar doen.

‘Als jij Lukas niets over mijn zwangerschap had verteld, hadden we nu dit probleem niet gehad!’ verweet ze hem.

‘Ik had gehoopt dat je tenminste naar je ex-vriend zou willen luisteren’, antwoordde hij verontwaardigd. ‘Die trouwens de vader van je kind is.’

‘O, zo heb ik je nog nooit gehoord!’ zei ze spottend. ‘Plotseling telt Lukas’ mening wel voor je. Ik wou dat hij het nooit te weten was gekomen!’

‘Waarom eigenlijk?’ Werner kon het maar niet begrijpen.

'Dat maakt toch niets uit!' zei ze ontwijkend. 'Beloof me alsjeblieft dat je hem niets meer vertelt.'

'Maak je maar geen illusies!' Lukas Zastrow had hem daarstraks al amper laten gaan, hij zou zijn vragen niet kunnen blijven ontwijken. Waarom zou hij ook?

's Middags ging Katja aan het werk en ze beweerde tegen Ben dat alles in orde was. Maar hij bleef aandringen en beweren dat ze tegen hem had gelogen. Dat hij vermoedde dat ze in Wenen was geweest. Ze ontkende het niet en verontschuldigde zich ervoor dat ze het achter zijn rug had gedaan.

'Ik vermoed dat je het museum hebt bezocht waar je dat schilderij moet stelen?' vroeg hij ernstig. Ze knikte.

'Ik ben een kijkje gaan nemen', gaf ze toe. 'Om te kijken of het mogelijk is de diefstal te plegen.'

'Overweeg je echt het te doen?' Ze zweeg. Dat was hetzelfde als antwoorden. 'Verdorie! Ik hou van je. En ik heb geen zin je in de gevangenis te bezoeken!' Hij begreep maar niet waarom ze zich door die stomme Smyslow onder druk liet zetten. 'Die raken je vader immers met geen vinger aan!'

'Dat hebben ze al gedaan!' sprak ze hem ongelukkig tegen. 'Hij heeft toevallig een ongeval gehad. Dat was een waarschuwing. Om me duidelijk te maken dat ze het menen.'

'De klootzakken!' siste Ben tussen zijn tanden.

'Ik weet niet hoe ik dit anders kan oplossen.' Hij nam Katja in zijn armen.

'Je kunt niet alleen aan je vader blijven denken', zei hij waarschuwend. 'Je moet in de eerste plaats aan jezelf denken. En je vergooit je eigen, en onze, toekomst.'

'Dat hoeft niet zo te zijn', meende ze. 'Ik zal met Smyslow onderhandelen tot ik een goede prijs krijg. Zodat we er een bom duiten aan overhouden.' Zo kon ze haar schulden aan Laura afbetalen. 'En dan kunnen we ons eigen leven beginnen.'

'Dat zou geweldig zijn', zuchtte Ben. 'Maar het kan ook anders aflopen.'

'Ik ben een professional, het komt allemaal goed!' beloofde ze hem. Hij twijfelde niet aan haar criminele vaardigheden.

'Maar als je je nu laat chanteren door die kerels, zullen ze het nog een keer doen. Begrijp je dat dan niet?' Ze moesten een andere uitweg bedenken.

'Tegen zulke mannen kunnen we niet op.' Katja maakte zich geen illusies.

'Als we je vader nu eens naar een andere gevangenis laten overbrengen?' stelde Ben voor. 'Als hij buiten hun bereik is, kunnen ze je toch niet meer afpersen?' Katja vond het een naïef voorstel.

'Als papa wordt overgeplaatst, ontdekt Smyslow dat toch. En dan zorgt hij in de andere gevangenis voor hulp.' Natuurlijk zou een overplaatsing haar extra tijd geven. Maar schoot ze daar iets mee op?

'We bedenken wel iets om voor altijd van die kerel verlost te zijn.' Ben deed zich optimistischer voor dan hij in werkelijkheid was. 'Het is in elk geval het proberen waard.' En zijn oom was advocaat. Hij zou hem kunnen uitleggen hoe ze zo'n overplaatsing moesten aanpakken.

Toen Astrid Ostermeyer weer in het Fürstenhof aankwam, kreeg ze meteen te horen dat Werner Lukas Zastrow op de hoogte had gebracht van Sandra's zwangerschap.

'Je had je mond toch wel kunnen houden!' verweet ze hem.

'Mijn God!' Hij barstte bijna uit zijn vel. 'Ik voel me nu eenmaal verantwoordelijk voor Sandra. Zeker in deze situatie.'

'Je hebt het haar niet bepaald gemakkelijker gemaakt.' Haar stem klonk duidelijk verwijtend. Werner had het gevoel dat hij gek werd. Was hij dan nog de enige die hier helder over nadacht?

'Die zwangerschap is levensgevaarlijk voor onze dochter!' riep hij woedend. 'Begrijp je dat dan niet?'

'Ik zou ook graag hebben dat ze het kind niet hield. Maar ik ken Sandra langer dan jij...' Werner voelde zich gekwetst.

'Wat bedoel je daar nu weer mee?'

'Hoe meer je op haar inpraat, hoe koppiger ze vasthoudt aan haar eerste idee.' Dat had ze al te vaak meegemaakt. 'Binnenkort weigert ze zelfs met ons te praten en gaat ze helemaal alleen door.'

'En dan moeten wij toezien hoe ze zichzelf in het ongeluk stort?' Dat kon hij niet. En hij wilde het ook niet.

'Ik hoop dat ze zelf tot inzicht komt', zei Astrid. Maar Sandra had niet veel tijd meer. Het risico werd elke dag groter en groter. 'Dat Lukas er nu ook bij betrokken is, zal de zaak niet vergemakkelijken.'

'Hij heeft het recht mee te beslissen.' Werner gaf wat dat betrof geen duimbreed toe.

'Ze zijn toch niet meer samen!' sprak Astrid hem tegen.

'Ik begrijp niet waarom jullie mannen altijd iets willen verzwijgen.' Ze trok verwonderd haar wenkbrauwen op. 'Jij hebt toch ook een half leven lang het bestaan van Sandra voor me verzwegen?'

'Dat is toch wat anders?' vond ze.

'Ik had toch graag vroeger geweten dat ik een dochter had', zei hij.

'Mag ik je eraan herinneren dat je getrouwd was en een gezin had?' Wat zou hij er toen van hebben gezegd als ze plotseling met een kinderwagen voor zijn neus had gestaan?

'In elk geval...' ging hij boos voort. 'Ik had het recht het te weten!'

'Als ik zie hoe jij hier voortdurend de baas speelt, heb ik er bijna spijt van dat Sandra je heeft leren kennen!' riep Astrid van streek. Hij hapte beledigd naar adem. Astrid rende de kamer uit en sloeg de deur met een klap achter zich dicht.

Simon en Sandra zaten samen in de serre om schnaps te stoken. Sandra was er met haar gedachten niet bij. Ze had andere dingen aan haar hoofd.

'Kan ik je helpen bij het nadenken?' vroeg Simon voorzichtig. 'Of wil je liever alleen zijn?'

'Blijf alsjeblieft.' Hij kwam naast haar zitten. 'Ik moet je iets bekennen...' Ze had het er echt moeilijk mee. 'Lukas denkt dat jij de vader van het kind bent.'

'Heb jij hem dat verteld?' vroeg Simon geschrokken.

'Niet echt, maar... Ik heb hem doen twijfelen of het van hem is.' En dus kon hij niet anders dan denken dan het van Simon was.

'Fijn, bedankt!' kreunde hij.

'Het spijt me', verontschuldigde ze zich beschaamd. Ze had hem er echt niet nog meer bij willen betrekken. 'Maar het kon niet anders.'

'Ik heb er geen probleem mee, maar het wordt zo stilaan wel moeilijk voor jou', meende hij. 'Ooit zul je hem toch alles moeten vertellen.' Net op dat moment kwam Lukas bij de serre aan. Hij bleef aan de deur staan luisteren. Sandra en Simon merkten hem niet op.

'Ik weet het', zei Sandra en ze legde haar hoofd tegen Simons schouder. 'Ik heb op dit moment echter geen andere keuze.'

'Ach, het komt wel weer goed.' Lukas spitste zijn oren. 'Het is weer eens wat nieuws. Men wordt tenslotte niet elke dag vader!' De twee lachten. Lukas ging er natuurlijk van uit dat hij de waarheid had gehoord.

Hij deed later zijn beklag bij Michael. Die kon zijn oren niet geloven toen hij hoorde dat Sandra beweerde dat Simon Konopka de vader van haar kind was. Maar hij kon zijn vriend niets vertellen.

'Simon kijkt ernaar uit vader te worden', snoof Lukas minachtend. 'En ik ben zo stom geweest die verdomde brief te geloven. Ik ben hier gebleven en ik heb mezelf wijsgemaakt dat ik nog een kans maak bij Sandra. Terwijl zij me duidelijk heeft gezegd dat ze niet meer van me houdt. Hoe kon ik zo stom zijn?' Daarna vroeg hij of het eigenlijk wel mocht dat neef en nicht samen een kind kregen. Michael wist zo stilaan niet meer hoe hij het had.

'Neef en nicht zijn genetisch ver genoeg van elkaar verwijderd', legde hij uit en hij vroeg zijn vriend zich niet langer het hoofd te breken over Sandra. Maar Lukas kon niet anders.

'En hoe zit dat met haar hart?' vroeg hij. 'Een zwangerschap zo snel na een harttransplantatie is toch veel te belastend voor haar?'

'Ik mag je niets zeggen.' Michael vroeg Lukas hem niet nog meer vragen te stellen.

'Ze neemt krachtige geneesmiddelen.' Iedereen wist toch dat het gevaarlijk was. 'De zwangerschap alleen al, maar dan nog de bevalling...' Plotseling sperde Lukas zijn ogen ontzet open. 'Ze kan eraan sterven, is het niet?!' Michael sprak hem niet tegen.

Na haar ruzie met Werner was Astrid helemaal van streek. Ze zat in haar eentje in het restaurant, naar een glas wijn starend. Zo trof Charlotte haar aan. Werner had zijn exvrouw ondertussen verteld dat niet alleen Sandra maar ook haar moeder boos op hem waren.

'Mag ik?' Astrid keek op en knikte zwijgend. Charlotte nam plaats. 'Je maakt je zorgen om je dochter. Werner heeft het me verteld.'

'Kan hij dan nooit zijn mond houden?' zei Astrid verwijtend.

'Hij maakt zich ook grote zorgen en hij weet niet hoe hij zich moet gedragen', verdedigde Charlotte haar ex-man.

'Hij zou zich er beter helemaal niet mee bemoeien', snauwde Sandra's moeder. 'We hebben het jarenlang kunnen redden zonder hem.'

'Maar Sandra is zijn dochter, het is toch logisch dat hij zich om haar bekommert', wierp Charlotte op.

'Dat is zo, maar hij moet haar beslissingen respecteren en haar erin steunen', vond Astrid. 'Zijn bemoeienissen en betutteling kunnen iemand echt op de zenuwen werken.' Charlotte grijnsde medelevend. Ze was lang genoeg met Werner getrouwd geweest om te weten waarover Sandra's moeder het had.

'Hij gedraagt zich soms als een echte despoot', gaf ze toe. 'Maar zoals jij hem hebt aangepakt, zal hij nu wel beseffen dat jij dat niet pikt.' Astrid nam het Werner kwalijk dat hij zijn ex-vrouw ook over hun ruzie had verteld. 'Geloof me, dat bedoelt hij niet slecht', zei Charlotte. 'Als zijn kinderen problemen hebben, wordt hij woedend.'

'En wat gaat jou dat eigenlijk allemaal aan?' vroeg Astrid plotseling heel koeltjes.

'Excuseer, ik wilde me niet opdringen.'

'Dat doe je anders wel', zei Astrid. 'Ik heb van Werner gehouden toen jij met hem was getrouwd. Ik heb zijn dochter grootgebracht. En ik hou nog altijd van hem. En als jij eerlijk bent, moet je toegeven dat jij ook nog van hem houdt! Is het dan niet absurd dat je je voordoet als mijn vriendin en me tips geeft?!' Charlotte keek haar beledigd aan.

Even later ging Astrid terug naar Werners woning.

'Ik heb over alles nagedacht', begon ze, maar hij liet haar niet uitpraten.

'Ik ook', zei hij in de plaats daarvan. 'En ik geef toe dat het fout was om Lukas op de hoogte te brengen zonder Sandra's toestemming.' Ze knikte.

'Ik zou het ook fijn vinden als je je ex-vrouw niet langer in onze zaken betrekt', zei ze toen. Hij aarzelde, maar beloofde haar dan zich eraan te houden. Nu was Astrid aan de beurt.

'Ik begrijp dat je je zorgen maakt om Sandra. En ik ben blij dat je na al die jaren er als vader voor haar bent.' Hij keek haar tevreden aan. 'Alleen moeten we het wel nog even hebben over de manier waarop.' Ze wierp hem een schalkse glimlach toe, maar werd meteen weer ernstig. 'Laat ons er gewoon voor zorgen dat het goed blijft gaan met Sandra.'

'Dat kan ik zelf wel', weerklonk plotseling Sandra's stem. Ze was naar huis gekomen en kwam de woonkamer binnen. 'Bemoei jullie alsjeblieft niet meer.'

‘Het zal niet meer gebeuren.’ Werner keek zijn dochter oprecht berouwvol in de ogen.

‘We zullen je steunen’, voegde Astrid eraan toe. ‘Wat je ook beslist.’ Dit had Sandra nooit verwacht.

Katja en Ben brachten de avond samen door in zijn appartement. Simon was niet thuis. Ze waren ondertussen al een beetje optimistischer. De volgende ochtend al zou Ben met zijn oom de mogelijkheden bespreken om Katja’s vader te laten overplaatsen naar een andere gevangenis. Toen Katja een bad nam, rinkelde haar gsm. Ben nam op omdat hij dacht dat Nils belde. Maar hij kreeg de stem van Wassily Smyslow te horen.

‘Ik wil met Katja spreken.’ De koude rillingen liepen over Bens rug.

‘Laat ons met rust!’ brulde hij in de telefoon. ‘Als u Katja nog langer afperst, stappen we naar de politie! Begrepen?’ Hij hoorde alleen nog een klik aan de andere kant van de lijn. Ben was zelf een beetje geschrokken van zijn heftige reactie. Maar misschien was het toch goed geweest die kerel op die manier op zijn nummer te zetten.

Katja vreesde echter dat hij de zaak alleen maar erger had gemaakt.

‘Als je bij die lui over de politie begint, slaan ze helemaal tilt.’ En helaas zou haar vader daarvoor boeten.

Lukas had de hele nacht wakker gelegen. De volgende ochtend was hij vastbesloten nog een keer met Sandra te praten. Hij hield haar tegen op weg naar de serre.

'Ik besef dat je zwangerschap mij niets aangaat', begon hij. 'Ik heb begrepen dat je niet meer van mij maar van Simon houdt en dat hij ook nog eens vader wordt.'

'Ik wil er niet met je over praten', zei ze overrompeld.

'Ik hou echter nog altijd veel van je', ging hij onverstoord voort. 'En ik zou het vreselijk vinden als jou iets zou overkomen door die zwangerschap.'

'Ik weet dat het risicovol is', antwoordde ze. 'Maar ik kan mijn kind toch niet vermoorden?'

'Wat heeft het kind eraan dat je zelf sterft bij de geboorte?' bracht hij ertegen in.

'Alsjeblieft, laat me met rust!' Ze kon de situatie niet langer de baas. 'Ik weet wat ik doe.'

Cosima sprak de volgende ochtend Werner en Charlotte aan. Ze was verrast. De bank had gebeld.

'De cijfers over de reserveringen hebben hen gerustgesteld', zei ze.

'Dat is geweldig', riep Werner blij.

'Dat is heel goed nieuws', zei Charlotte beheerst.

'Zou het kunnen dat iemand met de cijfers heeft geknoeid?' Cosima keek Werner onderzoekend aan.

'Wat bedoelt u daarmee?' vroeg hij bits.

'Wacht eens even!' onderbrak Charlotte hen. 'Ik heb de cijfers doorgegeven aan de bank. Beschuldigt u me van bedrog?'

'Ik vraag me alleen af hoe het kan dat de bank door zulke cijfers gerustgesteld is', reageerde Cosima zuur.

'Wees toch blij!' antwoordde Charlotte.

Maar nadat Cosima was verdwenen, bekende ze haar exman dat ze inderdaad met de cijfers had geknoeid. Werner staarde haar stomverbaasd aan. Toen bedankte hij haar oprecht voor haar loyaliteit.

'Je bent een schat!' riep hij en hij gaf haar een kus op de wang.

Ben kreeg die ochtend een pakketje. Een onbekende had het aan de receptie afgegeven. Er zat een dvd en dvd-speler in. Geërgerd stopte hij het schijfje in het apparaat. Zodra het beeld verscheen, verstarde hij. Iemand had Katja en hij gefilmd terwijl ze sliepen! Een hand in een zwarte, lederen handschoen pakte hem bijna bij de nek. De handschoen hadden ze die ochtend in het appartement gevonden, maar ze hadden gedacht dat ze van Simon was.

Toen merkte hij het briefje in de doos op.

'Geen politie!' stond erop. 'Katja doet wat we vragen, anders krijgt deze film geen happy end!'

10

Sandra was uit wanhoop de bergweide op gevlucht. Ze zat in het gras en plukte vertwijfeld bosjes mos uit de grond. Eigenlijk moest ze tevreden zijn dat Lukas geloofde dat Simon de vader van haar kind was. Maar toen hij haar zei dat ze de baby beter niet kon houden... Ze had hem het liefst van al de waarheid gezegd. Ze was al die leugens zo beu!

Plotseling stond Lukas weer voor haar neus. Hij kon er niet langer meer tegen en was haar achternagelopen.

'Op een of andere manier zal ik het wel verwerken', begon hij. 'Dat jij niet meer van me houdt, dat je liever bij Simon bent. Maar...' Hij ademde diep in. 'Het idee dat je kunt sterven... Dat kan ik echt niet verdragen.' Zijn woorden verscheurden haar hart. 'Alsjeblieft, Sandra.' Hij smeekte bijna. 'Jullie kunnen later nog kinderen krijgen. Het is op dit moment gewoon veel te gevaarlijk voor je.'

'Maar ik kan het niet zomaar afstaan!' riep ze vertwijfeld. 'Dat kan ik dat kind niet aandoen. En mezelf niet en de vader niet.'

'Beseft Simon dan niet hoe gevaarlijk een zwangerschap nu voor je is?!' Lukas zou met hem praten. 'Hij moet je op andere gedachten brengen. Jij bent voor mij het belangrijkste op de wereld.' Hij wilde weer weggaan.

'Wacht!' riep ze bruusk. 'Simon...' Ze aarzelde. Maar toen gooide ze het eruit. 'Simon is niet de vader! Het is jouw kind!' Hij staarde haar als door de bliksem getroffen aan.

'Het is ons kind?' Nu pas besefte ze wat ze met deze bekentenis veroorzaakte. Ze had er meteen spijt van dat ze zo eerlijk was geweest. 'Ik word vader.' Hij was duidelijk overweldigd. 'Wij worden ouders. We zullen een echt gezin zijn.' Hij nam haar in zijn armen. Heel even sloot ze haar ogen en ze genoot van zijn aanraking. Toen maakte ze zich weer los van hem.

'Dat verandert niets tussen ons', zei ze.

'Dat verandert alles', sprak hij haar tegen. 'Ook al ben je nu met Simon samen, ik zal er voor je zijn als je me nodig hebt. Voor jou en voor het kind.' Haar hart brak bijna, maar ze dwong zichzelf afstandelijk te zijn.

'Zei je nu net niet dat ik abortus moet plegen? Omdat je je zorgen maakt om mijn gezondheid?' Hij kromp in elkaar. 'En nu ben je er ineens weer tegen? Omdat het jouw kind is?' Haar harde woorden maakten een einde aan zijn vreugde. Hij wist toch ook niet wat het beste was. Bedroefd keerde ze terug naar het hotel.

Zoals hij naar haar had gekeken nadat ze hem had gezegd dat het hun kind was... Nu zou het nog moeilijker worden om te blijven beweren dat ze niet meer met hem samen wilde zijn. Want hij zou natuurlijk voor Sandra willen zorgen. En voor de baby. Ze moest iets anders verzinnen om hem op afstand te houden...

'Jij wist dat het mijn kind is!' Woedend stelde Lukas zich voor Michael op.

'Ik mocht niets zeggen', verdedigde de arts zich. 'Dat weet je toch.'

'Je kunt je niet voorstellen hoe ik me nu voel', verweet Lukas hem. Hij had Sandra aanbevolen abortus te plegen! 'Eén woord van jou en ik had niet als een koele, harteloze egoïst voor haar neus gestaan!'

'Ik heb Sandra vanaf het begin gezegd dat jij het recht had te weten dat je vader wordt', antwoordde Michael en hij deed zijn best kalm te blijven. 'Maar ik kan haar er niet toe dwingen het je te zeggen.' Hij had zijn beroepsgeheim boven zijn vriendschap met Lukas gesteld. Dat kon niet anders. 'Het is sowieso erg onwaarschijnlijk dat ze het kind zal kunnen houden. Ze brengt zichzelf in gevaar door deze zwangerschap.' De twee zwegen even.

'Ik weet niet wat ik moet doen', bekende Lukas vertwijfeld. 'Ik wil zo graag een kind. Maar natuurlijk wil ik Sandra niet in gevaar brengen.' Hij was bang voor haar. En daartoe had hij helaas alle redenen.

Tanja en Nils hadden geen andere keuze dan hun huwelijksreis naar Venetië uit te stellen. Ze zouden het de komende dagen extra gezellig maken in het Fürstenhof. Maar Tanja was nog altijd een beetje in de war. Ze dacht nog veel te vaak aan Michael. Nils merkte dat haar gedachten afdwaalden, maar hij dacht dat ze droevig was omdat ze het carnaval in Venetië misten. Daarom besloot hij haar een plezier te doen en carnaval te vieren in het Fürstenhof.

De Fürstensuite stond toch leeg, dus kon hij zonder veel moeite meneer Sonnbichler ervan overtuigen hen er gratis in te laten overnachten.

Katja, Ben en Simon zouden ervoor zorgen dat er een echte Venetiaanse sfeer hing. Ze zouden de Fürstensuite in carnavalsthema versieren en zelf in carnavalskostuums en met maskers op verschijnen. Nils zorgde voor het eten en de muziek. Het zou een dolle nacht worden.

Simon had de vorige dag een opleiding voor managers gevolgd en was tot de slotsom gekomen dat manager zijn echt niets voor hem was. Hij had in feite altijd al geweten dat management hem niets zei. Charlotte fronste haar voorhoofd toen hij het haar vertelde. Wilde hij het dan opgeven? Maar voor hij meer uitleg kon geven, kwam Cosima het kantoor in gestormd. Ze had de cijfers gecontroleerd die Charlotte had doorgegeven en had natuurlijk meteen door dat er met de cijfers was geknoeid.

'Ik heb dat gedaan', zei Simon nog voor Charlotte haar mond kon openen. 'Maar ik heb er niet mee geknoeid, het is een vergissing, het spijt me.'

'Hebt u me niet verteld dat u de cijfers had opgesteld?' Cosima keek Charlotte strak aan. Opnieuw was Simon haar voor.

'Mijn tante wilde me natuurlijk beschermen', loog hij. 'Natuurlijk zal ik mijn fout onmiddellijk rechtzetten.'

'Dat verwacht ik ook.' Cosima keek argwanend van de ene naar de andere, maar merkte dat ze op dat moment niets meer te weten zou komen. Daarom nam ze afscheid.

'Bedankt voor je hulp', zei Charlotte.

'In de toekomst hoef je niet meer op me te rekenen als je nog eens met de cijfers knoeit', antwoordde hij. 'Ik wil helemaal niets te maken hebben met bedrog.'

'Als manager zit je nu eenmaal soms in een situatie waarin je niet oprecht kunt handelen', zei Charlotte.

'Ook daarom is deze baan niets voor mij.' Simon zou veel liever weer als sommelier aan de slag gaan.

André had vernomen dat de keuken de volgende dag weer zou worden geopend. Het ministerie van Volksgezondheid had alles gecontroleerd en had geen bezwaren. Werner haalde opgelucht adem toen zijn broer hem het goede nieuws meedeelde. De twee bespraken net het menu toen Astrid binnenkwam.

'Ik heb mijn baas gebeld en heb onbetaald verlof genomen', deelde ze mee. Ze wilde bij haar dochter zijn.

'Wat is er dan aan de hand met Sandra?' vroeg André.

'Niets', beweerde Werner snel. Maar Astrid vond dat de chef-kok op de hoogte mocht worden gebracht. Hij woonde samen met Sandra in één woning, lang zou ze het toch niet meer voor hem kunnen verbergen. André reageerde ontstutst toen hij het nieuws over de zwangerschap en de erbij horende risico's vernam.

'Heel begrijpelijk dat u nu bij uw dochter wilt zijn', zei hij vol medeleven tegen Astrid.

'Ik ga meteen een kamer zoeken in het dorp', besloot ze.

'Waarom verblijft u niet hier bij ons in het Fürstenhof?' vroeg André verbaasd. Ze wierp een onzekere blik op Werner.

'Ik zou je graag uitnodigen om bij ons te logeren, maar...' Hij aarzelde en zocht koortsachtig naar een goede reden. 'Ik weet niet of iedereen dat wel goed vindt', beweerde hij toen.

'Wie zou daar iets op tegen hebben?' vroeg André.

'Jij hebt toch graag rust als je vrij hebt...' De chef-kok keek Astrid glimlachend aan. 'Maakt u veel lawaai?' Ze schudde glimlachend het hoofd. Werner begreep dat hij nu door de zure appel heen moest bijten.

'Van harte welkom dan in onze commune!' Ze omhelsde hem ontroerd.

'Dank je. Dat is zo lief van jullie.' Maar Werner was helemaal niet zo blij met deze oplossing.

'Waarom wilde je haar niet bij ons laten logeren?' Werner sloeg verlegen zijn ogen neer.

'Het ging zo snel...' probeerde hij er zich uit te praten. 'Astrid die ineens bij ons intrekt. Ik was even overrompeld.'

'Je hebt een uitvlucht gezocht om van haar verlost te zijn', zei zijn broer.

'Ik wil niet van haar verlost zijn', protesteerde Werner. 'Ik hou van haar!'

'Natuurlijk.' Andrés stem klonk spottend.

'Ik ben het alleen niet meer gewend om elke nacht een vrouw aan mijn zijde te hebben', verdedigde Werner zich voort.

'En dan nog elke nacht dezelfde', zei de chef-kok lachend en kreeg in ruil daarvoor een boze blik toegeworpen. 'Je zult er wel aan wennen.'

'Fijn dat je in het Fürstenhof blijft.' Sandra was echt blij dat haar moeder in haar buurt zou blijven.

'Ik laat mijn dochter toch niet alleen in zo'n moeilijke periode', zei Astrid. 'Ik ben er altijd voor je.'

'Het is lief van Werner dat je bij ons mag logeren', vond Sandra.

‘Eerlijk gezegd was ik zelf een beetje verrast’, bekende Astrid.

‘Hij voelt veel voor je’, antwoordde haar dochter.

‘Ik denk dat onze zorgen om jou ons dichter bij elkaar hebben gebracht.’ Astrid streelde Sandra liefdevol over haar haar. ‘Ik hoop zo erg dat alles goed gaat.’

‘Alles komt goed, mama... Ik weet het zeker.’ Sandra liet zichzelf geen andere gedachten toe.

Werner had nog een eitje te pellen met zijn neef.

‘Hoe kom je erbij te doen of je Sandra’s nieuwe vriend bent? En ook nog de vader van haar kind?’ Simon schrok een beetje van Werners woede en wist niet meteen wat te zeggen. ‘Je beseft toch welke gevolgen dat kan hebben?’

‘Ik wilde Sandra alleen maar een plezier doen’, verdedigde Simon zich.

‘Hoe kun je zoiets doen?’ zei zijn oom boos. En als Simon eerlijk was, moest hij bekennen dat Werner gelijk had. Hij had zich niet in deze zaak mogen mengen.

Tanja’s dienst zat erop. Ze kleedde zich om in de personeelskamer. Ze moest alleen nog haar jas aantrekken, maar haar rits begaf het.

‘Stom ding!’ vloekte ze. Net op dat moment kwam Michael binnen en hij bleef aarzelend staan toen hij haar opmerkte.

‘Kan ik je helpen?’ vroeg hij toen onzeker. Ze aarzelde, maar knikte dan. Hij liep naar haar toe. Maar in plaats van zich bezig te houden met haar rits, keek hij haar diep in de ogen. Ze beantwoordde zijn blik heel even, maar verbrak dan vastbesloten de betovering van het moment.

‘Laat dat, alsjeblieft’, fluisterde ze. Hij keek haar nog altijd aan. ‘Je hebt beloofd afstand te houden.’ Hij maakte zijn blik van haar los.

‘Ik hou me aan mijn belofte’, verzekerde hij haar. Ze knikte.

‘Denk je nog aan de ouderavond op school?’ vroeg hij haar toen. Die zou de volgende week plaatsvinden en ze waren allebei uitgenodigd.

‘Als je wilt, ga ik graag met je mee’, bood hij aan. ‘Als je dat liever niet hebt, komen we er vast wel uit wie van ons beiden zal gaan.’

Lukas klopte die avond aan bij de Saalfelds. Sandra opende de deur. Hij vroeg haar nog een keer met haar te kunnen praten.

‘Toen je me vertelde dat ik de vader van je kind ben en niet Simon... Je vroeg me of dat een verschil voor me maakt.’ Ze keek hem verwachtingsvol aan. ‘Natuurlijk zou ik het geweldig vinden samen met jou een kind te hebben’, ging hij voort. ‘Maar jouw gezondheid is het allerbelangrijkste. Zet je leven alsjeblieft niet op het spel voor deze zwangerschap.’

‘Ik heb een beslissing genomen’, antwoordde ze zacht. Iedereen zei hetzelfde: haar leven, haar gezondheid, het risico... ‘Mijn verstand zegt dat ook, maar mijn hart zegt iets heel anders. Ik wil dit kind. Ik moet dit kind ter wereld brengen.’

‘Dat is waanzin’, fluisterde hij. Ze knikte. Er verscheen een aarzelende glimlach op zijn gezicht. ‘En ongelooflijk... moedig.’ De liefde tussen hen was overduidelijk aanwezig. ‘Ik hou van je.’

‘Ook al ben ik gek?’ vroeg ze.

'Misschien net daarom', meende hij en hij wilde haar omhelzen. Maar hij hield zichzelf in toen hij haar onzekerheid opmerkte. 'Pas goed op jezelf', zei hij nog en vertrok toen. Ze keek hem verlangend na.

Ben had Katja niets verteld over de dvd die men hem had gestuurd. Maar hij voelde zich voortdurend bespied en achtervolgd en liet diezelfde dag nog een nieuw slot installeren. Simon begreep er niets van, maar stelde geen verdere vragen. Hij had andere dingen aan zijn hoofd. Hij zou het liefst van al zijn managersfunctie meteen neerleggen.

'Ik vind het veel leuker om sommelier te zijn', zei hij tegen zijn vader. André staarde hem verbaasd aan en vroeg of hij dat Werner al had verteld. Simon schudde zijn hoofd. 'Wel Charlotte en ze was er niet erg blij mee.'

'Dat begrijp ik', zei zijn vader. 'Jij bent haar bondgenoot, van jou weet ze zeker dat je aan haar kant staat, dat ze jou kan vertrouwen.'

'En het is eenvoudiger om mij te betrekken in haar bedrog dan een vreemde', merkte Simon spottend op. De chef-kok spitste zijn oren. Dat klonk veeleer als Werner dan als Charlotte, vond hij. 'Onderschat haar niet. Ze heeft blijkbaar veel geleerd van hem.'

'Vertel me eens wat meer', zei André.

'Ik dacht wel dat je geïnteresseerd zou zijn', zei zijn zoon lachend.

'Misschien kan ik je helpen. Ik zit ten slotte in de bedrijfsraad.' Natuurlijk was de chef-kok iets van plan.

De volgende ochtend moesten Tanja en Nils na het ontbijt aan het werk.

'Vergeet je Fabien niet van school te halen?' vroeg ze haar man. Hij keek haar verbaasd aan. Hij had er niet meer aan gedacht. 'Ik moet vanavond langer werken. Maar jij bent toch thuis om voor hem te zorgen?' zei ze. Nils was tenslotte nog altijd arbeidsongeschikt. Hij wilde de Venetiaanse nacht voorbereiden, maar dat kon hij natuurlijk niet vertellen. Daarom verzon hij snel een uitvlucht.

'Ik heb vanavond met Simon afgesproken om samen naar het voetbal te kijken', beweerde hij snel.

'Dat kun je hier toch ook', antwoordde ze.

'Nee, we hebben bij Simon afgesproken', loog hij. 'Er komen nog andere mannen.' Tanja zweeg gepikeerd. 'Fabien kan toch naar de dokter. Of naar de Sonnbichlers.'

'Ik wil niet dat hij van hot naar her wordt gebracht', beet ze hem toe. 'Ik vind dat je die afspraak moet afzeggen.'

'Dat vind ik niet.' Tanja vertrok boos.

Ze stapte boos de keuken binnen. André, Hildegard en de rest van het personeel waren eindelijk terug aan het werk. Natuurlijk was mevrouw Sonnbichler meteen bereid zich die avond om Fabien te bekommeren.

'Het spijt me dat ik het zo laat vraag', verontschuldigde het kamermeisje zich. 'Maar ik moet werken en Nils laat me in de steek. Voor het voetbal!' Ze was nog altijd boos. 'Ik heb altijd gedacht dat hij een familieman was en alles voor mij en Fabien zou doen, maar ja...'

'Dit is vast uitzonderlijk', zei Hildegard troostend. 'En in een huwelijk moet je af en toe compromissen sluiten. Soms begrijpt men elkaar niet goed. Nils maakt zijn fout vast wel weer goed.'

11

Die voormiddag zocht Lukas Simon op in zijn bureau.

'Ik moet met je praten over Sandra', begon hij aarzelend. Simon vreesde dat hem een moeilijk gesprek te wachten stond. Hij nodigde Lukas uit even te gaan zitten. 'U kunt zich vast voorstellen hoe moeilijk het voor me is er met u over te praten... Ik weet ondertussen dat het kind dat Sandra verwacht, van mij is.'

'En?' vroeg Simon onbeweeglijk.

'Maar Sandra houdt van u en niet van mij. En als u maar half zo veel van Sandra houdt als ik doe, dan moet u haar ervan overtuigen de zwangerschap te onderbreken. Ze mag zo'n groot risico niet lopen.'

'Ik begrijp u', zuchtte Simon. 'Maar ik kan u niet helpen.'

'Maar u houdt toch van Sandra!' riep Lukas wanhopig. Simon haalde diep adem.

'Ik hou van haar zoals men van een sympathieke, lieve nicht houdt', zei hij toen. 'Niet meer en niet minder.' Lukas staarde hem verbluft aan. 'Wij hebben nooit een relatie gehad', voegde Simon eraan toe.

'Waarom beweert Sandra dat dan?' vroeg Lukas verbijsterd.

'Ze heeft daarvoor haar redenen', antwoordde Simon. Hij zag hoe slecht Lukas zich voelde en werd overspoeld door medeleven, maar hij kon Lukas de waarheid niet vertellen. Dat moest Sandra doen. 'Ik wil niet langer uw rivaal spelen. Sandra houdt van u. Ze is altijd van u blijven houden.' Het waren dezelfde woorden als in het anonieme briefje dat Lukas had ontvangen. Lukas begreep nu van wie het briefje was

'Waarom dan deze hele vertoning?' wilde hij weten. 'Als we van elkaar houden, Sandra en ik, waarom zijn we dan uit elkaar?' Simon kon hem daarop het antwoord niet geven. Lukas sprong op.

'Ik moet met haar praten!' Maar Simon hield hem tegen.

'Dit is niet het juiste moment', zei hij. 'Sandra heeft het al moeilijk genoeg op dit moment. Als u van haar houdt, geef haar dan tijd.'

'Ik kan maar niet begrijpen waarom ze me afwijst als ze toch nog van me houdt.' Simon zweeg. En Lukas was radeloos.

'Je hebt Lukas alles verteld?' Sandra kon niet geloven wat haar neef haar vertelde.

'Ik kon niet anders', verdedigde Simon zich. Hij had natuurlijk niet verteld dat Sandra werd afgeperst door zijn moeder. 'Alleen dat wij geen relatie hebben.'

'Nu beginnen alle problemen opnieuw', zei Sandra geërgerd. 'Lukas wil bij me zijn, maar dat gaat niet omdat zijn moeder anders het valse alibi intrekt. En dan vliegt hij de gevangenis in.' Ze snoof. 'Bedankt voor je hulp.'

'We hadden onze leugens nooit lang meer kunnen volhouden', probeerde Simon haar te kalmeren. 'Bovendien is het beter dat hij de waarheid van ons hoort.'

'Het spijt me.' Ze besefte maar al te goed hoeveel haar neef al voor haar had gedaan.

'Geeft niet', zei hij. 'Maar het zou fijn zijn als we nu zonder leugens verder konden.'

Charlotte nam een kijkje in de keuken, om te zien of alles in orde was. Het was fijn te zien dat het personeel weer met vreugde aan het werk was en er alles aan deed een heerlijk menu op tafel te toveren. André maakte van de gelegenheid gebruik om haar aan te spreken over Simon.

'Ik zou je willen vragen hem als manager te laten gaan en hem weer als sommelier aan de slag te laten gaan.' Charlotte fronste het voorhoofd. Ze zou Simons wens graag vervullen, maar ze had hem nu eenmaal nodig. Hij hoorde bij de familie en ze vertrouwde hem. 'Dat klopt. Simon is niet iemand die spelletjes speelt of foefelt. En precies daarom mag je hem ook niet bij zoiets betrekken.'

'Heeft hij je dat verteld?' vroeg ze verontrust.

'Hij is een eerlijke kerel. Wij vertellen elkaar alles.' André bleef bewust vaag.

'Ik heb een fout gemaakt', gaf Charlotte toe. 'En hij heeft daarvoor de verantwoordelijkheid opgenomen. Wil je me daarom een loer draaien?' De chef-kok schudde het hoofd. 'Dit blijft dus onder ons?'

'Als Simons vader ben ik op de hoogte', antwoordde hij. 'Als lid van de bedrijfsraad weet ik van niets. Nog niet. En ik vergeet de hele zaak meteen als jij Simon een plezier doet.'

'En hem weer sommelier laten zijn?' André knikte. En Charlotte gaf toe. 'Het is goed.'

Nils had een envelop voor Tanja achtergelaten in de waskamer. In de envelop zat een chique uitnodiging.

'Kom om 18 uur naar de Fürstensuite', stond er in het mooiste handschrift op. Het kamermeisje trok de verkeerde conclusie en dacht dat Michael Niederbühl erachter zat.

'Wat beeld jij je eigenlijk in? Je kunt me niet zomaar boeken voor een nachtje in de Fürstensuite!' Tanja gooide de uitnodiging voor Michaels neus op zijn bureau.

'Die is niet van mij.' Hij had toevallig gehoord wat Nils van plan was, maar Tanja liet hem niet uitspreken.

'Lieg niet tegen me!' beet ze hem toe. 'Lafaard!'

'Ik denk dat deze van je man is', snauwde Michael boos terug. 'Ik heb gehoord dat hij je wil verrassen.' Tanja zweeg abrupt. Ze was helemaal in de war. 'Je hebt me beledigd.'

'Ik heb vooral Nils beledigd', mompelde ze schuldig. Nu begreep ze waarom hij niet op Fabien kon passen. En ze had hem allerlei verwijten naar het hoofd geslingerd. Ze moest zo snel mogelijk naar hem toe om zich te verontschuldigen.

'Wacht eens even', zei Michael toen ze weg wilde gaan. 'Waarom denk je bij een romantische uitnodiging dat die van mij afkomstig is? En niet van je man?' Ze sloeg haar ogen neer onder zijn onderzoekende blik. 'Dat is toch heel vreemd', vond hij.

'Ik bied je mijn verontschuldigingen aan', antwoordde ze geïrriteerd. 'Wat wil je nog meer horen? Dat je geweldig bent en nooit fouten maakt?'

'O, ik maak heel veel fouten...' sprak hij haar tegen.

'Bijvoorbeeld wat er tussen ons...' begon ze.

'Dat was niet alleen mijn fout', stelde hij vast.

'Maar hoe ik daarmee omga, moet je aan mij overlaten', siste ze.

'Je moet de feiten onder ogen zien: jij hebt een man die veel van je houdt. En jij hebt hem bedrogen.' Tanja voelde zich alsof ze een klap in haar gezicht had gekregen.

Simon, Katja, Ben en Nils bereidden ondertussen de Fürstensuite voor. Nils verheugde zich er al op dat Tanja met verstomming zou zijn geslagen als ze binnenkwam. De hele kamer was zo versierd dat ze echt bij het Venetiaanse carnaval hoorde.

'Hallo?' Om precies zes uur klopte Tanja op de deur. Katja, Ben en Simon zetten hun masker op en verdwenen in de kamer ernaast. Nils nam een roos in zijn hand en opende de deur.

'Buona sera, signora', zei hij. 'Welkom in Venetië. Fijn dat u mijn uitnodiging voor het carnavalsfeest hebt aangenomen...' Tanja ging de kamer in en keek de hele suite rond. Haar slechte geweten kneep haar keel dicht. 'Het spijt me dat ik vanochtend heb gelogen tegen je', ging Nils voort. 'Ik wilde je verrassen.' Ze reageerde niet, keek nog een keer om zich heen en zag er plotseling heel droevig uit.

'Ik moet je iets vertellen', zei ze toen. 'Het is hier prachtig, en jij bent heel lief, maar... Ik heb dit niet verdiend. Ik heb je bedrogen. Met Michael.' Nils staarde haar ontzet aan. Wat had ze hem zonet verteld? 'Vergeef me', fluisterde ze.

'Voor of na het huwelijk?' vroeg hij gekwetst.

'Erna.' Ze slikte. Hij hapte naar lucht en probeerde zijn zelfbeheersing te bewaren.

'Dat was het dan, jongens!' riep hij toen luid. 'Kom maar tevoorschijn.' Ben, Simon en Katja kwamen met een schuldige blik tevoorschijn uit hun schuilplaats. Ze hadden alles gehoord, merkte Tanja tot haar grote ontzetting. Ze vroeg de drie haar alleen te laten met Nils.

'We moeten praten', zei ze hem. Maar hij wilde niets meer horen. Hij wilde alleen zijn.

Sandra had al haar moed bij elkaar geraapt en klopte die avond aan bij Lukas.

'Je bent vast woedend op me', vermoedde ze. Hij schudde zijn hoofd en vroeg haar om binnen te komen.

'Ik begrijp er alleen niets van', zei hij toen ze allebei neerzaten. 'We waren zo gelukkig samen. Maar plotseling maak jij het uit, zeg je dat je een relatie met Simon hebt en niets meer voor me voelt...' Ze beet op haar lip. Ze had het er zo moeilijk mee. 'Simon beweert dat je nog wel van me houdt.' Ze knikte aarzelend. 'Als dat waar is, waarom dan al die leugens?'

'Ik kan niet meer samen zijn met jou', zei ze en ze hoopte dat haar stem niet trilde.

'Maar we houden van elkaar!' drong hij aan.

'Het gaat niet.' Maar hij liet het daar niet bij.

'Waarom? Waarom wil je me na al die leugens nog altijd niet de ware reden zeggen?' Ze zocht koortsachtig naar een reden en kreeg plotseling een ingeving: Rosalie was de reden waarom ze geen relatie meer met hem kon hebben.

'Ze is nog altijd je vrouw', zei ze.

'Rosalie wilde van me scheiden!' Dat had Sandra hem zelf verteld.

'Maar alleen omdat jij haar voor mij in de steek liet', beweerde Sandra. 'Ik heb daarover altijd een slecht geweten gehad.'

'En daarom ontzeg je jezelf geluk?' Hij begreep het nog altijd niet. 'We houden van elkaar, we krijgen samen een kind. Is dat voor jou dan niet van belang?' Ze slikte. Ze zou zo graag in zijn armen vliegen. Maar het kon niet.

'Zolang jij nog gehuwd bent...' Het sprak voor zich dat hij niet kon scheiden zolang Rosalie nog in coma lag.

'En als ze nooit meer ontwaakt?' vroeg hij ongelukkig. 'Moeten we dan voor altijd ongelukkig blijven zonder elkaar?'

'Ik weet het ook niet.' Sandra's stem beefde. 'Laat ons nog even afwachten.'

'Jij bent zwanger!' Ze kon hem niet uit haar leven bannen.

'Dat ben ik ook niet van plan. Maar je moet me wel wat beloven.' Hij mocht zijn moeder in geen geval iets over de zwangerschap vertellen. 'Vertel haar niets, niet over mij, niet over ons...' Lukas fronste niet-begrijpend het voorhoofd. 'Ze heeft me nooit gemogen. Ik kan haar venijnige opmerkingen nu niet verdragen.' Hij aanvaardde deze uitleg.

Tanja ging diepbedroefd naar huis. Ze had Nils nergens meer gevonden. En hij had zijn gsm uitgeschakeld. Hij wilde duidelijk niet met haar praten. In zijn woning werd ze opgewacht door Katja, die het kamermeisje ernstige verwijten maakte.

'Jij bent toch echt ongelooflijk!' Nils' zus snoof minachtend. 'Je huwt met mijn broer, maar je bent verliefd op de dokter!'

'Dat is niet waar!' protesteerde Tanja heftig.

'Je bent wel met hem het bed in gedoken', verweet Katja haar.

'Denk je nu echt dat ik niet besef dat dat een grote stommiteit was?' Tanja was totaal van streek. 'Ik ben met Nils gehuwd omdat ik van hem hou. Van hem, niet van Michael.' Ze kon zichzelf haar misstap met de dokter ook niet vergeven. 'Waar is Nils? Zeg het me alsjeblieft.' Maar Katja schudde haar hoofd. 'Ik maak me zorgen!' smeekte ze haar schoonzus.

'Ben je bang dat hij zichzelf wat aandoet?' vroeg Katja en ze kon niet minachtender klinken. 'Dat zal hij niet doen.

Dat heeft hij bij Sonja ook niet gedaan, terwijl zij hem net zoals jij hebt bedrogen.'

Nils had de nacht doorgebracht bij Ben en Simon. De volgende ochtend bij het ontbijt kreeg hij geen hap door zijn keel. Tanja had hem met haar bekentenis op zijn ziel getrapt.

'Je komt het wel te boven', probeerde Simon hem hulpeloos te troosten. Maar Nils schudde zijn hoofd. 'Jawel,' hield Simon vol, 'wie van iemand houdt, kan die persoon ook vergeven.' Dat was hem bij Viktoria ook gelukt. Maar Nils wilde het er niet meer over hebben. Hij was blij dat hij voorlopig bij Ben en Simon mocht blijven. Gelukkig was hij ook nog arbeidsongeschikt, zodat hij Tanja voorlopig niet zou tegenkomen in het hotel. En dokter Niederbühl ook niet.

Tanja stond ondertussen in de keuken in Nils' woning, terwijl zijn zus aan tafel zat en een kop koffie dronk. De spanning tussen de twee was nog altijd te snijden. Tanja had Nils nog altijd niet kunnen bereiken, ze was ondertussen doodongerust.

'Ik had ook kunnen zwijgen', zei ze tegen Katja. 'Maar dat zou niet eerlijk zijn geweest. Ik kon niet langer liegen tegen Nils. Ik heb de hele tijd in de knoop gelegen met mezelf.'

'En dus dacht je dat je beter hem in de knoop kon laten liggen dan jezelf', zei Katja spottend.

'Nee, verdorie!' Tanja had gewoon eerlijk willen zijn. 'Het is nooit mijn bedoeling geweest Nils te kwetsen.' Ze moest wel toegeven dat ze de behoefte had gevoeld haar geweten te sussen. 'En ik geef ook toe dat ik onder de indruk was van Michael. Als man, bedoel ik, niet alleen als vader.'

Dat had ze tot dan toe altijd ontkend tegenover Katja. Want ze had zelf lang geworsteld met haar gevoelens. 'Ik kwam pas tot inzicht toen ik te ver was gegaan.'

'Is je doktertje dan zo'n slechte minnaar?' vroeg Nils' zus honend.

'Ik hou van je broer!' riep Tanja vertwijfeld. 'Ik heb hem nodig en ik wil hem niet kwijt!' Eindelijk kreeg Katja een beetje medelijden met Tanja. Ze stelde vast dat Tanja echt oprecht was, dat ze oprecht spijt had.

'Nils heeft nog nooit lang getreurd', zei ze. 'Geef hem wat tijd. Misschien komt hij het te boven.' En als dat niet zo was, zou Tanja zich daarbij moeten neerleggen.

Hoewel hij vreesde dat hij weinig kans maakte, vroeg Lukas zijn advocate, mevrouw Zwick, of er een mogelijkheid bestond in deze omstandigheden te scheiden van Rosalie. Cosima hoorde zijn telefoongesprek met mevrouw Zwick en sprak hem er meteen over aan toen hij de verbinding verbrak.

'Wil je scheiden terwijl je vrouw hulpeloos in coma ligt?' vroeg ze verwijtend.

'Rosalie wilde zelf van me scheiden', antwoordde hij.

'Voor ze zich in deze situatie bevond', zei Cosima. 'Dit is echt schandalig.' Hij keek haar geërgerd aan. 'Waarom moet het allemaal zo snel?' drong ze aan. 'Zit die Sandra er weer voor iets achter?'

'Je weet dat ik niet meer samen ben met Sandra', zei hij koeltjes.

'En hoe zit het met die anonieme brief die je hebt gekregen? Waarin staat dat ze toch nog van je houdt?' Hij haalde zijn schouders op.

‘Wat zou daarmee moeten zijn?’ vroeg hij nadrukkelijk onverschillig. ‘Ik heb geen idee wie me die brief heeft gestuurd.’

‘Die heeft ze vast zelf geschreven’, merkte zijn moeder hatelijk op.

‘Nadat ze het eerst zelf met me heeft uitgemaakt? Waarom zou ze dat doen?’ Cosima maakte een wegwuivend gebaar.

‘Hoe het ook zij, je kunt in geen geval je zieke vrouw nu in de steek laten’, zei ze vastbesloten. ‘Dat is gemeen en onverantwoord.’

‘En dat moet jij net zeggen!’ Hij verloor stilaan zijn geduld. ‘Hang nu niet de zedenprediker uit! Jij denkt alleen maar aan Rosalies aandelen!’

Na haar gesprek met André had Charlotte er ten slotte mee ingestemd Simons contract als manager te ontbinden en hem weer aan de slag te laten gaan als sommelier. Hij bedankte zijn vader voor zijn hulp. André vroeg wie zijn opvolger werd.

‘Lukas Zastrow, wie anders?’ Daar zou Cosima Saalfeld wel voor zorgen.

‘Wat maakt het ons ook uit?’ besloot de chef-kok. Dat moesten Charlotte en Werner maar uitzoeken. ‘Hoe zit het eigenlijk met je schnaps?’

‘Die schiet al net zo goed op als jouw kookboek’, lachte Simon. ‘Of ben jij wel al een stap verder geraakt met je boek?’ Zijn vader schudde zijn hoofd.

‘Hildegard doet nog altijd moeilijk’, zuchtte hij. ‘Maar dat maakt nu niet uit. Ik ben blij dat ik weer mag koken.’

12

Tanja had Fabien van school afgehaald en bracht hem naar Michael. De jongen mocht die namiddag nog naar een verjaardagsfeestje, Michael zou hem na het middagdutje brengen. Natuurlijk moest Tanja de dokter nog wat vertellen.

'Nils weet het van ons', deelde ze mee.

'Heb je het hem verteld?' Michael kromp in elkaar.

'Ik moest wel.' Ze had het niet langer uitgehouden. 'En nu heb ik sinds gisteravond niets meer van Nils gehoord.'

'Wat nu?' Michael keek haar hoopvol in de ogen.

'Ik wil mijn huwelijk redden', verklaarde ze vastbesloten. 'Wil je me helpen?' Michael slikte. 'Ik hou van mijn man', voegde ze er nog aan toe.

'Wat moet ik dan doen?' vroeg Michael en hij deed zijn best zijn zelfbeheersing te bewaren.

'Mag Fabien vannacht bij jou slapen? Voor het geval Nils naar huis komt?' Natuurlijk vond Michael dat goed.

Astrid, Werner en André aten die middag samen. Astrid had een verrassing voor Werner. In plaats van het lamsvlees dat hij had besteld, kreeg hij een stuk tofoe op zijn bord. Astrid had André gevraagd het vlees te vervangen.

'Zijn jullie gek geworden?' vroeg Werner.

‘Sandra is zwanger’, zei Astrid. ‘Ze moet nu nog gezonder eten dan anders.’

‘Ik ben niet zwanger’, reageerde hij verbaasd.

‘Een beetje minder vlees eten, kan voor jou ook geen kwaad.’ Zijn broer gaf hem plagend een klopje op zijn buik.

‘Laat dat!’ snauwde Werner hem toe en vroeg Astrid of dit echt nodig was.

‘Jij mag natuurlijk eten wat je wilt’, zei ze. ‘Maar ik denk dat we Sandra kunnen helpen door solidair met haar te zijn.’ Werner kreunde. Er stond hem nog heel wat te wachten.

Even later kwam Sandra bij hen zitten. Ook zij kreeg een bord met tofoe en het smaakte haar.

‘Vegetarisch eten is lang niet slecht’, zei ze.

‘Nou...’ begon Werner, maar Astrid gaf hem onder tafel een tik tegen zijn scheenbeen. ‘Het valt inderdaad best mee’, stamelde hij. ‘Wie tofoe niet lekker vindt, is gek.’ Sandra grijnsde.

‘Het is heel lief van jullie,’ zei ze, ‘maar wat mij betreft mogen jullie gewoon vlees eten.’

‘We doen dit met plezier voor je’, beweerde haar vader. Haar glimlach werd breder.

‘Ik zal vanaf nu alleen nog gezond eten’, beloofde ze. ‘Maar eten jullie alsjeblieft zoals jullie het gewend zijn. Vooral jij, Werner, ik weet toch wat je lekker vindt.’ Hij keek haar dankbaar aan.

Nils zat in de Alte Wirt met een half biertje voor zijn neus. Hij wachtte op zijn zus. Hij had met haar in haar middagpauze hier afgesproken.

'Kom je vanavond weer naar huis?' vroeg ze meteen nadat ze plaats had genomen. Hij schudde zijn hoofd. 'Weglopen is geen oplossing, Nils', zei ze. 'Praat met Tanja.'

'Ben je misschien in opdracht van haar naar hier gekomen?' Hij werd meteen wantrouwig.

'Onzin! Ik ben hier omdat ik me zorgen maak. En Tanja maakt zich ook zorgen. Ze voelt zich heel slecht.' Maar hij voelde geen medelijden.

'En hoe denk je dat ik me voel?!' snauwde hij haar toe. 'Ik heb het haar ontelbare keren gevraagd en telkens kreeg ik hetzelfde antwoord, namelijk dat de dokter haar niet interesseerde. En we zijn nog maar amper getrouwd of ze duikt met hem de koffer in.'

'Ze kan het zichzelf ook niet vergeven.' Katja's stem werd zachter. 'Tanja is echt ten einde raad. Ze houdt van je.'

'Ik wil haar niet meer zien!' En nu wilde hij niets meer over de hele kwestie horen. Hij zette het glas aan zijn lippen en dronk het in één teug leeg. Toen bestelde hij nog een biertje.

'Door je te bezuipen los je het probleem niet op', zei Katja, maar hij liet zich er niet van weerhouden.

Katja moest terug naar het Fürstenhof. Maar ze durfde haar broer zo niet achter te laten. Hij leek zelfs te willen aanpappen met de serveerster. Wanhopig belde ze Simon op. Hij beloofde meteen naar de Alte Wirt te komen.

'Kom, ik breng je naar huis', zei Simon toen hij Nils had gevonden.

'Ben je gek?!' sprak Nils hem tegen. 'Ik heb net prijs. Het wordt wat met die meid.' Hij wees naar de serveerster.

'Je bent dronken', stelde Simon vast.

'Ik kan elke vrouw krijgen', lalde Nils. 'Ik heb Tanja niet nodig.'

'Maar je houdt van Tanja', wees Simon hem terecht. 'En daarom kom je nu met me mee. Voor je iets doet waarvan je spijt krijgt.' Hij sleurde de weerspannige Nils vastberaden de kroeg uit.

Op weg naar huis kwamen de twee Charlotte tegen.

'Dat ontbrak er nog aan', mompelde Simon en hij siste de wankelende Nils toe dat hij zich moest herstellen.

'Is alles oké, meneer Heinemann?' vroeg Charlotte en ze rook meteen dat Nils gedronken had. 'U hebt gedronken. Ik ruik het tot hier.'

'Dat is zo! En weet u waarom?' Simon gaf zijn vriend tevergeefs een por in de ribben. 'Proficiat! U hebt de juiste keuze gemaakt en u geen hoorns laten opzetten.' Zijn stem klonk vol zelfmedelijden. 'Maar ik moest natuurlijk weer met Tanja huwen.'

'Waarover heeft hij het?' vroeg Charlotte aan Simon.

'Luister maar niet naar hem', zei hij. 'Hij is dronken.'

'Helemaal niet', protesteerde Nils. 'Ik heb nog nooit de dingen zo helder gezien. Mijn Tanja en uw dokter zijn samen de koffer in gedoken!' Charlotte voelde een scheut van jaloezie. 'Ze hebben ons goed liggen gehad', ging Nils voort. 'U en mij.'

'Ik heb al lang niets meer met dokter Niederbühl te maken.' Charlotte probeerde zelfverzekerd te klinken. 'En u, meneer Heinemann, u bent met ziekteverlof. U zou goed voor uzelf moeten zorgen in plaats van u te bezatten.' Ze richtte zich tot Simon en zei: 'Breng hem veilig naar huis.'

Toen Charlotte even later Michael in de lobby tegen het lijf liep, gunde ze hem geen blik. Hij wist meteen dat er maar één reden kon zijn waarom ze hem negeerde.

'Je weet het?' Haar gezicht kreeg een verbitterde trek.

'Hoe denk je dat meneer Heinemann zich op dit moment voelt?' vroeg ze verwijtend.

'Vast niet goed.' Michael slikte.

'En Tanja waarschijnlijk ook niet, zoals ik haar ken', vulde Charlotte aan. 'Hoe kon je haar dat aandoen?'

'Vind je niet dat we hier samen verantwoordelijk voor zijn?' antwoordde hij geërgerd. Hij hoefde zich trouwens niet tegenover haar te rechtvaardigen.

'Je bemoeit je met een huwelijk en hebt het mogelijk ontwricht', antwoordde ze boos. 'Wat is er in hemelsnaam gebeurd met de man van wie ik ooit hield? Die wist namelijk wat goed fatsoen was.' Ze draaide zich om en liep weg. Hij bleef beschaamd achter.

Simon was er ondertussen in geslaagd Nils een beetje te ontnuchteren. En Nils was zijn vriend erg dankbaar dat hij hem had weggehaald uit de kroeg. Dat had weleens fout kunnen aflopen.

'Hoe kon Tanja me dat aandoen?' klaagde hij. 'Ik heb alles voor haar gedaan, alles. Ik heb al haar wensen vervuld, ik heb haar eeuwige trouw gezworen, ik heb voor Fabien gezorgd. Ik hield van haar. Mijn God, wat hield ik van haar.'

'Dat doe je nog altijd', zei Simon. Nils schudde krachtig zijn hoofd. 'Toch wel, geloof me nou maar. Maar op dit moment ben je te gekwetst om het toe te geven.'

‘Ik weet niet wat ik ben’, antwoordde Nils droevig. ‘Ik weet helemaal niets meer. Behalve dat elk huwelijk bij mij misloopt.’ Sonja had hem vroeger ook bedrogen.

‘Maar Tanja heeft het opgebiecht.’ Voor Nils veranderde dat op dit moment weinig aan de zaak. ‘Dat betekent dat ze eerlijk is en wil vechten voor jullie huwelijk’, vond Simon. ‘Geef haar nog een kans.’

‘Ik weet niet of ik dat wel kan.’ Nils was een hoopje ellende.

‘Bel haar’, zei Simon hem. ‘Zeg haar tenminste waar je bent.’

‘Ik heb alles verpest!’ Tanja had Nils nog een keer proberen te bellen, maar tevergeefs. Ze vertelde Sandra wat er was gebeurd. Dat ze haar man had bedrogen met dokter Niederbühl en dat ze Nils de vorige dag de waarheid had opgebiecht. ‘Sindsdien wil hij me niet meer spreken. Ik weet niet eens waar hij is.’ Sandra omhelsde het kamermeisje troostend. ‘Ik ben zo bang. Ik weet dat het een verschrikkelijke fout was. En ik wil Nils niet kwijt!’

‘Dat zal ook niet gebeuren’, zei Sandra kalmerend. ‘Hij houdt zo veel van je. Natuurlijk is hij nu erg gekwetst. Zou jij dat ook niet zijn als hij jou had bedrogen?’

‘Natuurlijk’, snikte Tanja.

‘Geef hem wat tijd’, raadde Sandra haar aan. Nils had het kamermeisje op handen gedragen. Hij zou haar ooit haar overspel vergeven.

’s Namiddags dook een vreemde gast op in het Fürstenhof. Omdat er nog altijd heel weinig reserveringen binnenkwamen, baarde dat enig opzien. Ben vreesde dat de man in het pak een hulpje van Smyslow was. Hij had Katja nog altijd niet verteld dat hij persoonlijk werd bedreigd. En hij had niet alleen een nieuw slot laten installeren aan het appartement, hij was gewoon veel voorzichtiger geworden. Ook al plaagden Simon en Katja hem daarmee.

De vreemde vroeg aan een hotelbediende wie Lukas Zastrow was. Lukas kwam naar hem toe.

'Kan ik u helpen?' vroeg Lukas onzeker.

'Ben ik dan zo erg veranderd?' De vreemde glimlachte. Pas toen zag Lukas wie er voor zijn neus stond. Het was zijn vader! Götz Zastrow.

'Wat doe jij hier?' vroeg hij verbaasd.

'Ik kom jou bezoeken', antwoordde Götz. 'Je ziet er goed uit.' Hij beweerde dat hij bij de Starnberger See was geweest, waar Markus was verdronken. 'En toen besefte ik hoe erg ik mijn kinderen miste.' Lukas keek hem afkeurend aan. Sinds zijn vader zijn moeder in de steek had gelaten voor een andere vrouw, had Lukas nooit nog iets van hem gehoord. 'Het is toch nooit te laat om me te verontschuldigen, wel?'

'Toch wel', antwoordde Lukas koel. 'Ik ben al jaren niet meer in je geïnteresseerd.'

'Geef me een kans', smeekte Götz.

'Dat gaat zomaar niet.' Lukas wilde weggaan.

'Ik wil nog één ding weten... Hoe gaat het met Cosima?' Lukas' geduld was op. Götz had zich jarenlang niets aangetrokken van zijn moeder.

'Weet je wat? Vertrek maar weer!' Meer had hij zijn vader niet te zeggen.

Ook Cosima reageerde allesbehalve blij toen de man met wie ze nog altijd getrouwd was, plotseling voor haar neus stond.

'Wat doe jij hier?' snauwde ze hem toe.

'Ik wilde graag mijn vrouw terugzien', beweerde hij.

'We zijn alleen maar op papier met elkaar getrouwd', zei ze. Hij deed alsof hij haar verwijt niet hoorde.

'Ik heb alles in de krant gelezen', zei hij. 'Het is een ongelooflijk verhaal. Als baby's verwisseld...'

'Ja, ik ben een Saalfeld', bevestigde ze met een vleugje voldoening. 'Maar nogmaals: wat doe jij hier?'

'Ik had al veel eerder moeten bellen... Ik geef toe dat ik het niet durfde. Maar ik was vandaag bij de Starnberger See...' Hij vertelde haar hoe blij hij was dat hij Lukas had gesproken. 'Wat een pracht van een kerel is hij geworden.'

'Sinds wanneer ben je geïnteresseerd in je kinderen?' vroeg ze spottend. 'En wat Markus betreft, je was niet eens op zijn rouwplechtigheid! Maar nu duik je hier plotseling op en denk je dat alles meteen weer koek en ei is! Je bent een klootzak!' Ze haalde haar hartspray tevoorschijn en inhaleerde. Götz keek geïnteresseerd toe.

'Gaat het wel goed met je?' vroeg hij en hij deed alsof hij bezorgd was.

'Ja, het gaat prima.' Het was duidelijk te zien dat ze van streek was.

'Laat ons morgen even praten', stelde hij verzoenend voor. 'Vandaag ben ik echt te moe.'

'Ik zou niet weten waarover we moeten praten', zei ze boos.

'We vinden wel een onderwerp.' Er speelde een flauw glimlachje op zijn lippen. 'Je ziet er goed uit. Je lijkt wel in de bloei van je leven.' Cosima was woedend.

Die avond keerde Nils terug naar zijn woning. Tanja liep meteen naar hem toe. Ze had zo gehoopt dat hij zou terugkomen. En ze had er heel goed over nagedacht wat ze hem zou zeggen.

'Jij bent alles voor mij', zei ze nadat ze aan de keukentafel hadden plaatsgenomen. 'Nog altijd. En toch voelde ik me af en toe tot Michael aangetrokken.'

'En je hebt tegen me gelogen toen ik je ernaar vroeg', voegde hij eraan toe.

'Omdat ik het niet ernstig nam', antwoordde ze. 'Ik dacht dat het kwam omdat Michael Fabiens vader is. Maar ik heb altijd van jou gehouden.' Hij keek haar zwijgend aan. 'Het is gebeurd en ik kan het niet ongedaan maken', fluisterde ze. 'En ik heb geen enkel excuus. Ik kan je alleen maar nadrukkelijk vragen om het me te vergeven. Ik hou van je. Ik hou zo ontzettend veel van je.'

'Pak je spullen bij elkaar en vertrek.' Nils' stem klonk nors. 'Ik wil je hier niet meer zien.' Tanja was duidelijk geschokt.

'Ik begrijp dat je boos bent', zei ze met bevende stem. 'Ontgoocheld. Gekwetst. Droevig. Maar dit... Dit is nu toch ook mijn thuis. En Fabiens thuis.'

'Daaraan had je eerder moeten denken.' Hij stak Tanja demonstratief haar jas toe.

'Waar moet ik dan heen?' De tranen sprongen haar in de ogen.

'Naar dokter Niederbühl, zou ik denken.' Ze beweerde nogmaals dat het voorval met Michael alleen maar een misstap was geweest. Ze smeekte hem het haar te vergeven. 'Nee. Ik vertrouw je niet, heb geen respect meer voor je en ik voel niets meer voor je.'

'Ik hou van je, Nils! Ik heb altijd van je gehouden!' Hij was onverbiddelijk.

'Maar ik hou niet meer van jou. Vertrek. En blijf hier weg. Begrepen?' Er zat voor haar niets anders op dan de Sonnbichlers te vragen of ze daar terechtkon.

Natuurlijk namen Hildegard en Alfons Tanja en de jongen graag weer in huis. Het kamermeisje vertelde hun niet waarom Nils haar aan de deur had gezet, maar Hildegard kon al wel raden dat het iets te maken had met dokter Niederbühl.

'Als twee mensen van elkaar houden, komen ze er wel weer uit', zei mevrouw Sonnbichler. Tanja slikte. Nils had haar duidelijk te verstaan gegeven dat hij niet meer van haar hield.

13

Ondertussen had Sandra heel veel last van ochtendmisselijkheid. Ook toen ze de volgende ochtend in de serre zat, voelde ze zich vreselijk ellendig. Haar maag deed pijn, ze was misselijk en ze had last van maagzuur. Het was gewoon één grote nachtmerrie. Maar het hoorde nu eenmaal bij een zwangerschap. Tenzij die maagpijn werd veroorzaakt door haar nieuwe geneesmiddelen. Dat was vast niet goed voor haar en de baby...

Ze sprak erover met Tanja. En hoewel het kamermeisje doodongelukkig was door haar ruzie met Nils, was ze heel blij voor haar vriendin. Een baby ter wereld brengen was het mooiste wat een mens kon overkomen! Tanja vond het ook niet meer dan juist dat Lukas wist dat hij vader werd. Ze wist beter dan wie ook wat het betekende om een kind zonder vader op te voeden. En Tanja sprak Sandra moed in: de ochtendmisselijkheid was heel normaal. Ten laatste na drie maanden zou die vanzelf verdwenen zijn.

'Wat zegt je gevoel?' vroeg Tanja. 'Dat alles met de baby en jou in orde is?'

'Eigenlijk wel', antwoordde Sandra.

'Nou dan. Luister naar je buik...'

Sandra vond het een wijze raad. Toch ging ze langs dokter Niederbühl voor een bloedafname.

Een bloedonderzoek zou duidelijk maken of de nieuwe geneesmiddelen haar of de baby eventueel konden schaden.

Hoewel ze razend was op Götz, had Cosima toch besloten nog een keer met hem te praten.

'Ik moet weten waarom hij hier is en wat hij van plan is', zei ze tegen haar zoon. Maar eigenlijk was ze er al redelijk zeker van wat hij wilde: geld. 'Hij heeft in de krant gelezen dat Korbinian is gestorven en hij weet het van de verwisselde baby's', ging ze voort. 'Misschien denkt hij: als die Cosima de echte Saalfeld is, heeft ze vast veel geld.'

'Hij is advocaat,' wierp Lukas op, 'hij verdient toch zelf genoeg.' Cosima snoof minachtend. Götz was altijd al op geld belust geweest. Daarom had hij haar ook in de steek gelaten voor een rijkere vrouw, hij was met haar naar Hamburg verhuisd en hij had nooit meer iets van zich laten horen.

Ben had zijn oom nog niet kunnen bereiken om hem te vragen hoe ze de overplaatsing van Katja's vader moesten aanpakken. En de tijd drong. Katja had een sms van Smyslow gekregen. De Rus wilde weten wanneer ze het schilderij kon leveren. Ze was daardoor helemaal van streek en daarom vertelde Ben niet dat hij door Smyslow was bedreigd. Maar hij werd steeds banger. En hij vreesde dat de nieuwe gast die in het Fürstenhof was aangekomen, door de Russen naar hem was gestuurd. Ben had nog niet vernomen dat het Götz Zastrow, Lukas' vader, was. Voor alle zekerheid wapende hij zich met een verdedigingsspray. Het zou weinig uithalen als iemand hem met een echt wapen bedreigde, maar hij voelde zich zo toch een beetje veiliger.

Later die dag kreeg Ben Pachmayr toch nog aan de lijn. Die kon hem vertellen dat er drie redenen waren om een gevangene over te plaatsen. Ten eerste: gezondheidsproblemen, wat niet van toepassing was op Katja's vader.

'De tweede mogelijke reden is dat je vader zou proberen te ontsnappen met een medegevangene als handlanger.' Katja schudde haar hoofd. 'En de derde reden is dat een gevangen door andere gedetineerden wordt bedreigd.'

'Mijn vader heeft die kist toch niet zelf op zijn voet laten vallen', zei ze. 'Het is duidelijk dat hij wordt bedreigd.' Pachmayr had net hetzelfde gezegd. 'En nu?'

'Je moet Nils op de hoogte brengen. Alleen als hij weet dat je wordt gechanteerd, zal hij de ernst van de zaak inzien.' Katja vond het helemaal geen goed idee. 'Hij moet de advocaat van je vader bellen', voegde Ben eraan toe. 'En die moet de aanvraag tot overplaatsing indienen.' Zij kon dat niet doen, want ze werd door de politie gezocht als kunstdievegge.

Nils wilde eerst niet luisteren naar zijn zus. Hij had al problemen genoeg aan zijn hoofd, meer bepaald zijn liefdesverdriet om Tanja. Dat hij had gezegd dat hij niet meer van haar hield, was een leugen geweest.

'Je hebt je nogal opgedoft. Is dat speciaal voor mij?' Cosima had Götz naar haar woning laten komen. Nu stond hij voor haar en keek haar blij aan.

'Vergeet het', snoof ze. 'Het Fürstenhof is een vijfsterrenhotel. Als aandeelhoudster heb ik een bepaalde reputatie hoog te houden.'

'Dat spreekt voor zich.' Er verscheen een grijns op zijn gezicht, maar Cosima merkte het niet. 'En je nieuwe baan bevalt je wel?'

‘Helemaal.’ In de stilte die viel, keken ze elkaar met argusogen aan.

‘Tja, met mij kan het ook niet beter gaan’, beweerde hij ten slotte. ‘Ik ben nog maar eens van kamp veranderd.’ Hij werkte niet langer als openbaar aanklager, maar als strafpleiter. ‘Dat is ook financieel veel interessanter.’

‘Fijn.’ Cosima werd zo stilaan ongeduldig. ‘Oké, ons verplichte nummer zit er nu op.’ Ze keek hem doordringend aan. ‘Wat wil je echt van me? Ik kan namelijk moeilijk geloven dat je naar hier bent gekomen omdat je je deelneming bij Markus’ dood wilde meedelen.’

‘Typisch Cosima.’ Hij zuchtte. ‘Ik heb je nooit iets kunnen wijsmaken. Het gaat om Beatrice.’

‘Heeft ze je eindelijk in de steek gelaten?’ spotte Cosima. ‘Voor een jongere minnaar misschien?’

‘Nee, integendeel’, sprak hij haar tegen. ‘We zouden willen huwen.’ Tegen haar zin moest ze even slikken. ‘En daarom... Ik zou willen scheiden.’

‘En hoe had je je dat voorgesteld?’ Het kostte haar enorm veel moeite om niet te laten merken hoe erg hij haar kwetste met zijn verzoek.

‘Ik zou willen scheiden door onderlinge toestemming’, antwoordde hij. ‘Zonder gedoe en geruzie voor het gerecht.’ Ze knikte alleen maar. ‘Het gaat ons allebei financieel voor de wind. We hoeven dus geen oorlog te voeren, als er toch geen oorlogsbuit te verdienen valt.’ Hij bood aan allebei een verklaring van afstand te ondertekenen. ‘Daarmee nemen we allebei afstand van elkaars bezittingen. Ik hoop dat je het daarmee eens bent.’ Hij had al een verklaring opgesteld. ‘Als je het ermee eens bent, kunnen we vandaag of morgen alles regelen.’

'Voor mij is het goed.' Ze deed zichzelf bewust hardvochtig voor. 'Dan is dit onzalige hoofdstuk dat ons huwelijk in ons leven was, eindelijk afgesloten.' Hij deed alsof hij het erg vond.

'Haat je mij nog altijd zo erg?' vroeg hij. 'Na al die jaren?'

'Het is geen haat, het is onverschilligheid', zei ze. 'En als jij per se met dat snolletje wilt huwen, zal ik je geen strobreed in de weg leggen. En nu denk ik dat alles tussen ons gezegd is.'

De ontmoeting met Götz had haar duidelijk uit haar lood geslagen. Ze kon zichzelf amper beheersen toen Werner haar meedeelde dat de 'keukencrisis' verleden tijd was. Het restaurant was weer open en de bank had laten weten dat ze geen verdere cijfers meer moest zien.

'Hoe hebt u dat voor elkaar gekregen?' siste Cosima. 'Hebt u meneer Fuchs omgekocht?' Werner liet zich niet op stang jagen. Hij moest nog iets met haar bespreken. Ze moesten een opvolger voor Simon zoeken als tweede manager. Natuurlijk ging Cosima ervan uit dat Lukas die baan zou krijgen, maar Werner en Charlotte vonden dat geen goed idee. Door spontaan ontslag te nemen had Lukas Zastrow vooral bewezen dat hij besluiteloos was. En dat was voor een manager een heel slechte eigenschap.

Götz van zijn kant was vooral geïnteresseerd in de gezondheidstoestand van zijn echtgenote. Hij had ontdekt dat ze werd behandeld door dokter Niederbühl en daarom zocht hij hem op in zijn praktijk. Michael keek de man verbaasd aan. Hij wist niet eens dat Lukas' vader en Cosima Saalfeld nog gehuwd waren.

‘We hebben een moeilijke periode achter de rug en elkaar lang niet gezien’, zei Götz vleiend. ‘Nu ben ik hier om een paar zaken met haar te regelen. Maar... Ik wil haar niet te veel belasten, haar hart, ziet u?’ Michael keek hem sceptisch aan. ‘Hoe gaat het op dit moment met haar? Is haar toestand stabiel?’

‘Het spijt me, maar dat zult u aan uw vrouw zelf moeten vragen’, antwoordde de arts.

‘Dat heb ik ook gedaan’, zei Götz. ‘Ze zegt dat ze zich goed voelt. Maar ik ben bang dat ze me niet de waarheid vertelt.’

‘Dat zult u met haar moeten bespreken.’ Michael was sowieso gebonden door het beroepsgeheim, hij kon dus niets vertellen over de toestand van zijn patiënte. En in dit geval wilde hij dat ook niet.

Lukas had Rosalie bezocht in het sanatorium. Haar toestand was nog altijd onveranderd.

‘Fijn dat je zo goed voor haar zorgt’, zei zijn moeder tegen hem. ‘Maar als je weer manager bent, zul je daarvoor niet meer zoveel tijd hebben.’

‘Word ik dat dan?’ vroeg hij wrevelig.

‘Ik denk dat je je oude baan wel terug wilt...’ Dat was inderdaad zo. Maar hij vond dat zij zich er niet mee te bemoeien had. Ze knikte alleen maar. Ze had op dit moment belangrijker dingen aan haar hoofd. Ze vertelde Lukas wat Götz haar had gevraagd, namelijk een scheiding om opnieuw te kunnen huwen. ‘Maar ik vrees dat het daarbij niet zal blijven. Hij is nog wat anders van plan.’ De papieren voor de scheiding had hij toch net zo goed met de post kunnen sturen. Hij hoefde daarvoor niet persoonlijk naar het Fürstenhof te reizen. ‘Hij voert iets in zijn schild... Die man is niet te vertrouwen. Ik weet waarover ik spreek, ik ben lang genoeg zijn vrouw geweest. Tot hij zich inliet met die Beatrice.'

'Je ziet hem nog altijd graag, niet?' Ze schudde krachtig haar hoofd.

'Onzin! Ik zal blij zijn als hij eindelijk uit mijn leven verdwijnt.' Toch had ze een privédetective ingeschakeld om Götz na te trekken. 'Ik moet weten wat hij echt van plan is.'

'Ik vind dat je een beetje overdrijft.' Lukas was echt ontzet. Zijn vader had hem eerder die dag gebeld en hem uitgenodigd voor een etentje. Lukas had ingestemd, hij hoopte stiekem dat Götz er misschien toch spijt van had dat hij zo lang geen contact had gehad met zijn kinderen. Al bleef ook hij een beetje wantrouwig.

'Ben je zo blij dat je gaat scheiden dat je het wilt vieren?' vroeg Lukas zodra hij bij zijn vader aan tafel schoof. Zijn vader had namelijk een fles champagne besteld.

'Je weet het dus al?' Lukas knikte. 'Het was een moeilijke beslissing. Je moeder... Ik heb veel van haar gehouden.'

'Dat is al wel even geleden', merkte Lukas droogjes op.

'Beatrice zou in elk geval graag trouwen.' Waarom had Götz zijn zoon dan dat verhaaltje over het bezoek aan de Starnberger See en zijn verlangen naar zijn kinderen wijsgemaakt? 'Omdat dat ook waar is!'

'En dat moet ik geloven?' Het was duidelijk dat Lukas zijn vader wantrouwde.

'Ik weet dat ik als een vreemde voor je ben. Maar we zijn vader en zoon.' Hij legde zijn hand op Lukas' arm. 'Als er iets is wat ik voor je kan doen... Of als ik je ergens mee kan helpen...' Lukas trok zijn arm terug.

'Dank je, maar ik kan het wel alleen aan', antwoordde hij afstandelijk. Hij dacht er niet aan in deze goedkope opvoering te trappen. Hij zou Götz geen enkele kans meer geven.

Tijdens de middagpauze liepen Nils en Michael elkaar voor het hotel tegen het lijf. Ze wilden allebei een rondje gaan joggen. Het was de eerste keer dat ze elkaar zagen sinds Tanja haar man de waarheid had opgebiecht.

'Zo, tevreden?!' snauwde Nils hem meteen toe. 'Nu hebt u eindelijk vrij spel bij Tanja.'

'Er is niets tussen mij en Tanja.' Michael liet zich niet provoceren. 'Anders had ze u vast niets over onze misstap verteld.'

'En welke logica zit daarachter?' vroeg de fitnesstrainer geërgerd.

'Ze wilde eerlijk en oprecht zijn', antwoordde Michael. 'Uit liefde.'

'Ik versta onder liefde iets heel anders', barstte Nils uit. 'Maar goed, wat maakt het ook uit, die vrouw is in elk geval verleden tijd voor mij.'

'Dat geloof ik niet', zei dokter Niederbühl. 'Tanja houdt van u. En u houdt van Tanja. Misschien ziet u dat nu eindelijk in.'

'Dat uitgerekend u hier optreedt als relatiebemiddelaar!' Nils keek hem woedend aan. Michaels geduld raakte stilaan op.

'Oké, als Tanja u toch niets meer doet... Dan kan ik mijn kans nog weleens wagen.' Hij begon te joggen, maar Nils liep hem achterna en duwde hem op de grond.

'Als u Tanja nog één keer aanraakt, breek ik elk bot in uw lijf!' brulde hij.

'Wilt u vechten?!' Michael was meteen weer opgestaan en ging nu zelf tot de aanval over. Er volgde een korte vechtpartij en toen greep Michael de fitnesstrainer stevig vast. 'Luister eens goed, vriendje! Ja, ik zie Tanja graag. Heel graag, zelfs. En ik heb gehoopt dat het wat werd tussen ons. Een serieuze relatie wilde ik. Maar, Joost mag weten waarom, Tanja houdt van u. En als u niet zo stom zou zijn, zou u meteen naar haar toe gaan, het haar vergeven en het lot op uw blote knieën danken dat u zo'n klassevrouw aan uw zijde mag hebben.' De woorden drongen tot Nils door en hij kalmeerde enigszins. Michael verslapte zijn greep. Nils' neus bloedde. Ze liepen samen terug naar het hotel en kwamen daar Tanja tegen. Ze besefte meteen dat de twee hadden gevochten. Om haar. Michael liet Nils alleen met Tanja.

'Kom, zeg het maar', spoorde Nils haar aan.

'Wat moet ik zeggen?' vroeg ze.

'Dat ik een idioot ben.' Tanja glimlachte.

'Ik weet dat het grappig klinkt,' zei ze, 'maar eigenlijk ben ik blij dat je gevochten hebt. Dat zou er namelijk op kunnen wijzen dat ik je toch niet onverschillig laat...' Hij voelde zich betrapt en zijn gezicht betrok. Ze besloot niet aan te dringen. Het beste wat ze kon doen, was hem tijd geven.

De maaltijd die Lukas en zijn vader samen hadden gegeten, zat erop. Het was duidelijk dat Lukas zo snel mogelijk verlost wilde zijn van Götz. Net buiten het restaurant liepen ze Sandra tegen het lijf. Ze keek Lukas met een stralende glimlach aan, wat Götz natuurlijk meteen merkte.

'En wie is deze schoonheid?' vroeg hij nieuwsgierig. Lukas kon niet anders dan de twee aan elkaar voorstellen.

'Sandra Ostermeyer is onze heel getalenteerde bloemiste', zei hij trots.

'Er is iets tussen jullie, niet?' vroeg Götz zodra Sandra weg was. Lukas aarzelde even.

'Ik heb je al gezegd dat ik het wel alleen klaarspeel', zei hij. 'Ik wil het hierover dan ook niet met jou hebben.'

'We moeten er ook niet over praten', zei Götz lachend. 'Zeg gewoon ja of nee.' Lukas zweeg. 'Ik ben toch je vader.'

'Je bent een man die ik niet ken', antwoordde Lukas koel. 'En dat zal zo blijven.' Zonder nog een woord te zeggen, liet hij zijn vader staan. Geërgerd bleef Götz achter.

Cosima had zich teruggetrokken in haar woning en het oude kistje bovengehaald waarin ze al haar herinneringen aan haar huwelijk met Götz bewaarde. Ze bekeek de foto's van haar huwelijk. Ze las nog een keer de liefdesbrieven die hij haar ooit had gestuurd. Er liep zowaar een traan over haar gezicht. Het kwetste haar enorm dat hij echt wilde scheiden. Maar Cosima zou Cosima niet zijn als ze niet meteen haar zelfbeheersing weer onder controle kreeg. Geen mens zou merken dat ze zich gekwetst voelde.

Götz brak ondertussen, terwijl Michael Niederbühl een vrije avond had, in de dokterspraktijk in en haalde Cosima's patiëntendossier tevoorschijn. Hij las het helemaal door.

'Een hartaandoening. Nog altijd', stelde hij tevreden vast. 'Duidelijk verminderde levensverwachting' stond in het dossier. 'Fijn.' Er verscheen een boosaardige grijns op zijn gezicht. 'Dan zal ik niet lang op mijn geld hoeven te wachten.'

14

De volgende ochtend kreeg Sandra van Michael de resultaten van het bloedonderzoek. Alles was in orde. De misselijkheid was volkomen normaal. Sandra was zo opgelucht dat ze iedereen om de nek wilde vliegen. Haar baby was gezond!

Er werd aan Cosima's deur geklopt en Götz kwam binnen.

'Heb je de verklaring van afstand bij je?' vroeg ze koel.

'Ja, maar we hoeven ons niet te haasten.' Hij wilde haar nog uitnodigen voor een kop koffie voor ze de verklaring ondertekenden.

'Ik zou dit liever zo snel mogelijk afhandelen.' Hij deed alsof hij beledigd was.

'Zoals je wilt.' Hij haalde de verklaring uit zijn aktentas en overhandigde ze haar. Ze las het korte stukje tekst.

'Ik ben het ermee eens', zei ze toen. Ze nam een pen en ondertekende het document. Toen schoof ze het over de tafel naar hem toe. Hij liet zijn hand beven. Hij aarzelde even en legde toen de pen neer op tafel.

'Wat is er?' vroeg ze verbaasd.

'Ik heb het er moeilijk mee...' mompelde hij en hij keek haar gespeeld weemoedig in de ogen. 'Is dit dan echt het einde van ons huwelijk?'

'Dat wilde jij toch?' reageerde ze verwonderd.

'Ja, maar ik begin te twijfelen.' Cosima keek hem stomverbaasd aan.

'Wat moet ik hiervan denken?' vroeg ze toen.

'Laat ik je echt helemaal koud?' vroeg hij en hij keek haar trouwhartig aan. Ze deed alle moeite hardvochtig te klinken.

'Je hebt toch eindelijk wat je wilt', zei ze verbitterd. 'Je luxepoppetje wil met je trouwen. Waarom heb je het dan plotseling moeilijk met onze scheiding?'

'Het klinkt misschien stom, ik weet het, maar...' Hij deed alsof hij zich schaamde. 'Misschien heb ik met Beatrice wel een fout gemaakt.'

'En dat besef je nu? Na vijftien jaar?' Ze snoof minachtend. 'Belachelijk.'

'Ik had veel eerder moeten komen', zuchtte hij. Hij had gedacht dat hij, op dat moment dan toch, niet welkom was bij haar. 'Het is te laat, je hebt gelijk. Vergeef het me.' Ze slikte ongemerkt, ze wilde hem in geen geval laten merken dat ze het spijtig vond dat hij een punt zette achter hun huwelijk. 'Op onze leeftijd moet men zich door zijn hoofd en niet door zijn emoties laten leiden', ging hij vleiend voort, maar nam toen weer de pen en ondertekende de verklaring. 'Het is beslist. Na onze scheiding doen we afstand van elkaars bezittingen en elkaars vermogen.'

'Precies.' Cosima's stem klonk vastberaden.

Lukas had al met Charlotte gesproken en haar verteld dat hij graag weer aan de slag wilde als manager. Ze gaf hem echter weinig hoop. Ze nam liever de grote stapel sollicitatiebrieven door dan hem zijn baan terug te geven. Hij sprak daarom Werner aan om ook hem zijn verzoek over te brengen.

'Ik heb al met uw ex-vrouw gesproken', zei hij. 'Maar ze reageerde nogal afstandelijk.' Werner lachte. 'Wat is daar zo grappig aan?'

'Eerst neemt u ontslag met onmiddellijke ingang en even later wilt u uw baan terug?!' zei Werner spottend.

'Ik heb daarvoor een goede reden', antwoordde Lukas.

'Zastrow, ik heb uw familie liever niet in de buurt', bromde Werner.

'Professioneel kunt u me niets verwijten', antwoordde Werner.

'O nee?' Werner vermeldde het concours voor de ruitervereniging, dat Lukas had verhinderd.

'Daarvoor had ik een goede reden', verdedigde Lukas zich. Net als voor zijn ontslag. 'Om privéredenen vond ik het noodzakelijk onmiddellijk terug te treden als manager.'

'U kunt privé en zaken dus niet van elkaar scheiden?' vroeg Werner.

'Meneer Saalfeld, ik ben het Fürstenhof altijd loyaal geweest, voor zover ik het met mijn geweten in overeenstemming kon brengen.' Maar Werner had absoluut geen zin Lukas nog een kans te geven.

'U bent een mislukkeling. Zoals u met mijn dochter bent omgegaan!' verweet hij hem. 'En nu is ze ook nog zwanger!'

'Dat is toch net de reden waarom ik weer als manager aan de slag wil', legde Lukas uit. 'Ik wil er voor Sandra en ons kind zijn. Ik moet mijn gezin kunnen onderhouden.'

'U weet niet eens wat dat is, een gezin!' zei Werner schamper.

'Geef me een kans om het tegendeel te bewijzen', smeekte Lukas. 'Van alle mensen moet u toch weten hoe belangrijk een hecht gezin is.' Maar tevergeefs, Werner was onverbiddelijk.

Sandra daarentegen deed een goed woordje voor Lukas bij haar vader. En Werner was daardoor buitengewoon verrast.

'Je hebt het toch uitgemaakt tussen jullie?' vroeg hij zich verbaasd af. 'En als die Zastrow in het Fürstenhof blijft, zul je hem elke dag zien.'

'Dat maakt niets uit', zei ze.

'Je kunt me niets wijsmaken!' Werner zag toch hoe zijn dochter onder de breuk leed. 'Waarom wil je jezelf het nog moeilijker maken?'

'Hij is gewoon de beste kandidaat voor de baan', zei ze ernstig. 'En ik zou het fijn vinden als hij bleef.'

Bens gsm rinkelde, het was Wassily Smyslow die hem belde. De Rus zei hem dat hij hem de hele tijd in de gaten hield. Ben had er niets van gemerkt en was er nu helemaal zeker van dat de nieuwe gast in het Fürstenhof de man was die hem in de gaten hield. Wassily bracht nog een keer het filmpje ter sprake dat hij Ben had gestuurd.

'Als je wilt dat dit verhaal goed afloopt, zorg er dan voor dat je vriendinnetje onze opdracht uitvoert', dreigde hij en verbrak de verbinding.

Ben was ten einde raad en bracht Tanja op de hoogte van de afpersing. Toen ze het hele verhaal had gehoord, was ze bleek geworden van ontzetting. Ze vond dat er maar één manier was om deze gevaarlijke situatie aan te pakken en dat was naar de politie stappen. Maar Ben wilde Katja in geen geval verraden.

‘En wat zegt Katja erover?’ vroeg Tanja. Toen ze besefte dat Ben zijn vriendin nog niets had verteld, reageerde ze geschokt. ‘Je moet met haar praten’, drong ze aan. ‘Jullie zitten in hetzelfde schuitje. Alleen samen kunnen jullie dit oplossen.’ Hij keek haar sceptisch aan. ‘Of vertrouw je Katja niet?’

‘Natuurlijk vertrouw ik haar’, zei hij.

‘Nou dan, wat is het probleem dan?’

Katja probeerde ondertussen nog een keer met Nils te praten.

‘Kun je er alsjeblieft voor zorgen dat papa wordt overgeplaatst naar een andere gevangenis?’ vroeg ze toen ze samen aan de keukentafel zaten.

‘Waarom vraag je me dat nu alweer?’ mopperde hij en hij dook achter de krant.

‘Ik maak me zorgen om hem’, drong Katja aan. ‘Hij is in gevaar. Ik zou de aanvraag zelf willen indienen, maar als Kai Krone is dat nogal vreemd.’ Nils legde de krant neer. Hij had door dat Katja iets belangrijks verzweeg. Hij drong zo lang aan om hem de waarheid te vertellen, tot ze hem alles opbiechtte.

‘Wanneer besef jij eindelijk dat er met die kerels niet te spotten valt?!’ Nils kon zijn zus wel door elkaar schudden. Waarom vertelde ze hem dat nu pas?

‘Omdat het je eigenlijk niet aangaat’, zei ze beteuterd.

‘Mijn zus wordt afgeperst, mijn vader wordt gepest, maar het gaat me niets aan?’ vroeg hij woedend. Hij had genoeg van zijn familie. Zijn vader en zijn zus, ze zorgden altijd voor nieuwe problemen. En hij kon het oplossen.

Cosima had eindelijk informatie gekregen van de privédetective die ze achter Götz aan had gestuurd. Wat hij haar had verteld, was een goede reden voor haar om in te gaan op de uitnodiging van haar man om samen te dineren. Götz had haar na hun ontmoeting eerder die dag nog tweemaal gebeld en gevraagd de avond samen door te brengen. Cosima vroeg Lukas om haar te vergezellen.

'Ik heb gisterenmiddag geluncht met Götz, dat volstaat wel', zei hij weigerachtig.

'Ik begrijp het', zei ze. 'Maar kun je je wrok niet nog één avond verbijten? Om mij een plezier te doen?'

'Vroeger ging je al door het lint alleen al bij het vermelden van zijn naam. En nu... Voel je nog iets voor hem?' Hij keek zijn moeder onderzoekend aan.

'Waarom vraag je dat?' snoof ze. 'Mijn huwelijk met Götz is voorbij. Maar hij is en blijft je vader.'

'Gisteren was je er nog van overtuigd dat hij iets in zijn schild voerde', sprak hij haar tegen.

'Lukas, alsjeblieft! Je zult zien dat het de moeite waard is.' En dus gaf hij toch toe.

Götz deed alsof hij heel blij was dat hij met hen aan tafel zat.

'Ik hoop dat zulke etentjes niet langer een uitzondering zullen zijn', zei hij en hij hief het glas. 'Een nieuw begin is altijd moeilijk, maar het was vroeger niet allemaal slecht. We hebben samen ook mooie dingen beleefd.'

'O ja, die goede oude tijd', bromde Lukas, die duidelijk tegen zijn zin aan dit theater deelnam.

'Denk eens terug aan onze vakantie in Frankrijk!' Götz begon enthousiast herinneringen op te halen. 'En weet je nog dat we een skelterrace hielden? Wat ik ook probeerde, jij won altijd. Hou je nog altijd van snelle auto's?'

'Ik heb vooral honger', antwoordde Lukas.

'Of onze duikvakantie aan de Rode Zee!' Götz was niet meer te stoppen. 'Toen jij de zee uitkwam en er rotsvast van overtuigd was dat je een scheepswrak had gevonden. Terwijl het alleen maar een verroeste kruiwagen was.' Hij lachte luid.

'Wat is eigenlijk de bedoeling van deze opvoering?' vroeg Lukas bits. 'Als wij echt zo'n voorbeeldig gezin waren, waarom ben je er dan op een nacht vandoor gegaan? En na vijftien jaar duik je plotseling weer op en doe je of er niets is gebeurd.'

'Het spijt me.' Zijn vader trok een schuldbewust gezicht. 'Maar elke man maakt fouten. Ik heb veel tijd nodig gehad om te beseffen wat ik kwijt was. En hoe belangrijk jullie voor me zijn. Mijn kinderen. Mijn vrouw.' Hij wierp Cosima, die tot nu zwijgend had geluisterd, een trouwhartige blik toe.

'Je meent het dus met dit nieuwe begin?' vroeg Lukas argwanend.

'Absoluut.' Nu was het ogenblik aangekomen voor Cosima om de informatie te kunnen gebruiken die de detective haar had toegespeeld.

'Ik denk nochtans dat je hier bent omdat Beatrice je heeft laten zitten', zei ze zeemzoet. Götz keek haar sprakeloos aan.

'Jullie zouden toch trouwen?' vroeg Lukas verwonderd.

'Mevrouw denkt daar blijkbaar anders over', antwoordde zijn moeder.

'Het gaat gewoon even niet...' Götz probeerde zich eruit te praten. 'Jullie weten toch hoe het gaat, als men begint te twijfelen...'

'Het is goed geweest!' onderbrak Cosima hem.

'Nou nou! Wie had dat verwacht!' zei Lukas.

'Hoe weet je dit?' Götz zag er plotseling heel nerveus uit.

'Ik heb mijn bronnen', antwoordde Cosima. 'Je zult dan toch een beetje op je centen moeten letten nu je je goudmijn kwijtraakt.'

'Maak je maar geen zorgen, mijn advocatenpraktijk draait heel goed', sprak Götz haar tegen.

'Maar niet zo goed dat je je nog hetzelfde luxeleventje kunt permitteren dat Beatrice je bezorgde', vermeldde ze fijntjes.

'Kun je je een verblijf in het Fürstenhof eigenlijk wel veroorloven?' vroeg Lukas spottend.

'Als je hoopte dat ik de volgende was die je kon pluimen, heb je je vergist', zei Cosima triomfantelijk.

'Geld is toch niet het enige wat telt', beweerde haar echtgenoot.

'Voor jou wel. Dus: waarom ben je hier echt?' Götz voelde zich nu echt bedreigd. Hij wilde eerst weten hoe ze aan die informatie was gekomen. Toen hij hoorde dat ze een privédetective had ingeschakeld, deed hij alsof hij boos was. Maar dat liet Cosima volledig onverschillig. 'Jij hebt me al zo vaak belogen en bedrogen,' zei ze, 'dat laat ik niet nog een keer toe.' Lukas had er ondertussen genoeg van en nam haastig afscheid.

'Kijk nu wat je hebt aangericht', verweet Götz Cosima.

'Laat me niet lachen!' snoof ze. 'Jij hebt Lukas met je leugens weggejaagd. En nu wil ik de waarheid horen. Waarom ben je hier? Waarom lieg je over dat huwelijk?' Hij keek haar onverstoord aan.

'Ben je dan niet blij dat ik niet meer bij Beatrice ben?' vroeg hij vleiend.

'Dat interesseert me niet', antwoordde ze boos. 'Maar ik ben wel blij dat ons huwelijk eindelijk ten einde zal komen.'

'Jij leugenares...' Hij grijnsde.

'Wie denk je wel dat je bent? Verwaand nest!' Cosima riep steeds luider. André, die net aan een ander tafeltje met gasten stond te praten, wierp een nieuwsgierige blik naar hun tafel.

'Denk je nu echt dat ik het niet zie?' Götz keek haar tevreden aan. 'Je verlangende blikken, je begeerte... Je bent me nog niet vergeten, Cosima. Je wilt me nog altijd. Meer dan ooit.'

'Jij bent gek!' Ze sprong op en verliet het restaurant. Ze deed alle moeite om zich te beheersen, maar het was duidelijk wat ze in werkelijkheid voelde. Götz keek haar tevreden na.

Het duurde even voor Cosima was gekalmeerd. Ze besloot meteen te reageren. Ze kon zich niet zo door Götz van haar stuk laten brengen. Dus nam ze de telefoon en ze bestelde in de keuken *Champ de salle*. André Konopka had dat dessert speciaal voor haar bedacht. Ze was er zeker van dat de chef-kok van de gelegenheid gebruik zou maken haar dit dessert persoonlijk te brengen...

Haar plannetje werkte. André kwam. Hij was namelijk veel te nieuwsgierig over wat er in het restaurant was gebeurd.

'Ik heb net vastgesteld dat die man iets voor u betekent', stelde hij vast.

'Dat was in het verleden zo', antwoordde ze. 'Maar we zijn al lang uit elkaar.'

'U hebt het proberen te verbergen...' ging de chef-kok voort. 'Maar u voelt nog wat voor hem.'

'Dat klopt', stemde ze in. 'Haat.'

'Een haat-liefderelatie!' André grijnsde. 'Heftig!' Ze zweeg. 'Zal ik u vertellen wat er nu in dat mooie hoofdje van u gebeurt?'

'Ik ben benieuwd', zei ze droogweg.

'U hebt iets zoets nodig om uzelf te troosten.' Hij bracht het dessert naar de tafel. 'Maar het is geen Champ de salle...' Hij maakte zijn zin niet af, maar keek haar diep in de ogen. Het duurde amper een fractie van een seconde voor ze elkaar passioneel kusten.

Sandra lag al in bed, maar kon de slaap niet vatten. Ze streelde met haar hand over haar buik. Ondertussen keek iedereen uit naar de komst van de baby: zijzelf, Werner. Astrid zou de kleine volgens de regels van de kunst verwennen, ze maakte Sandra nu al knettergek met al haar overdreven voorzorgen. En ook de vader wilde er voor haar en het kind zijn. Lukas... Sandra wilde zo graag een echt gezin. Maar zou haar wens ooit in vervulling komen? Ze wilde gewoon weer naast Lukas kunnen slapen. Was dat nu zo veel gevraagd?

'Ik denk dat je je van deur hebt vergist.' Cosima had de deur in haar ochtendjas geopend en zag Götz met een groot boeket bloemen staan.

'Je ziet er goed uit.' Hij keek haar stralend aan. 'Het spijt me. Ik ben gisteren te ver gegaan.' Ze trok haar wenkbrauwen op. 'Ik had je meteen moeten vertellen waarom ik hier ben', ging hij voort en deed alsof hij terneergeslagen was. 'Maar ik was bang om je te vertellen dat ik nog altijd van je...'

'Goedemorgen!' André dook op bij de deur en keek Götz grijnzend aan. Die keek hem sprakeloos aan. En ergerde zich duidelijk. Maar hij liet niets merken.

'Ik wil jullie niet storen', zei hij.

'Dat is lief van je', zei ze koel en ze sloot de deur voor zijn neus.

André gaf haar een kus in haar hals.

‘Mag ik je vanavond weer een zoetigheidje brengen?’ vroeg hij.

‘Als ik er zin in heb...’ Ze wilde hem niets beloven. Maar ze genoot duidelijk van de aandacht die de chef-kok haar gunde.

15

'U wilde me spreken?' Werner had Lukas Zastrow naar zijn kantoor laten komen. Hij vroeg hem te gaan zitten.

'Ik heb nagedacht', begon hij. 'Ik zal me niet verzetten tegen uw aanstelling als manager.' Lukas keek hem verbaasd aan.

'Dat is... geweldig', stamelde hij. 'Dank je.'

'Natuurlijk zal ik je op de vingers kijken en in de gaten houden of je lieve mama je niet te veel beïnvloedt', ging Werner voort.

'Vanzelfsprekend', antwoordde Lukas. 'Mag ik vragen waarom u van gedachte bent veranderd?'

'Nee, het gaat om privéredenen.' Lukas onderdrukte een grijns. Hij kon al raden wie er achter deze omwenteling zat.

'En hoe groot denkt u dat de kans is dat uw ex-vrouw bereid is me weer aan te nemen?' vroeg hij.

'Ik vertrouw op uw charme en nog meer op uw vakkennis', zei Werner. Het zou in elk geval niet eenvoudig zijn. 'Maar u kunt ervan uitgaan dat ik voor de vader van mijn kleinkind een goed woordje zal doen bij Charlotte.'

Ben had Katja nog altijd niet verteld dat hij werd bedreigd door Wassily. Ze was net zo opgelucht, want Nils had de advocaat van hun vader gebeld en het zag ernaar uit dat hij snel naar een andere gevangenis zou worden overgeplaatst. Ben had het niet over zijn hart kunnen krijgen haar vreugde te bederven. Hij liep door het dorp, op weg naar het postkantoor om voor meneer Sonnbichler een pakje af te halen. Plotseling zag hij dat de vreemde gast uit het Fürstenhof hem volgde. De angst sloeg hem om het hart. Hij ging sneller lopen en maakte een omweg door het bos. Hij dacht nog altijd dat Götz Zastrow een handlanger van Smyslow was. Hij dacht heel even dat hij zijn achtervolger had afgeschud, maar zag toen hoe die ook het bos in liep. Ben begon te rennen, maar struikelde over een boomwortel en sloeg hard tegen de grond.

'Hebt u zich pijn gedaan?' Götz kwam aangelopen.

'Blijf waar u bent!' riep Ben.

'Wat bezielt u?' vroeg Götz geamuseerd.

'Blijf staan, zeg ik u!' Maar Götz dacht er niet eens aan.

'Rustig maar, kalmeer toch.' Ben kon niets anders verzinnen dan wanneer Götz zich over hem heen boog, de verdedigingsspray uit zijn zak te halen en ermee in het gezicht te spuiten van Lukas' vader.

'Laat mijn vriendin met rust!' brulde hij. 'En mij ook!' Götz riep het uit van de pijn. Ben liet hem hulpeloos en blind achter in het bos. Hij maakte van de gelegenheid gebruik ervandoor te gaan.

'We moeten praten.' Ben was nog buiten adem toen hij het Fürstenhof bereikte. Zijn kleren waren vuil.

'Hoe zie jij eruit?' vroeg Katja geschrokken. Maar voor hij haar meer kon vertellen, kwam Cosima Saalfeld naar hen toe gelopen.

'Meneer Sponheim, bent u gek geworden?!' riep ze. 'Hoe komt u erbij een onschuldige gast aan te vallen?!' Götz had haar net gebeld. 'Mijn man staat blind in het bos! Hij werd door een woeste hotelbediende met traangas aangevallen. En raad eens wie er aan zijn beschrijving voldoet?'

'Die man in het bos, was dat...' Ben keek haar geschokt aan.

'Götz Zastrow, mijn echtgenoot. Nog even toch.'

'U bent getrouwd?' vroeg hij verbaasd.

'Mijn privéleven gaat u helemaal niets aan!' riep ze boos. 'Leg me liever uit waarom u hem aangevallen hebt!'

'Ik dacht... Ik dacht dat hij mij wilde aanvallen', stamelde Ben.

'Dat is toch belachelijk!' Ze lachte spottend. 'Ik wist wel dat u geen deftige verklaring zou kunnen geven. U kunt erop rekenen dat deze zaak nog een staartje zal krijgen.' Ze liep woedend weg. Pas toen kon Katja in alle rust met haar vriend praten.

'Je had me dit eerder moeten vertellen!' reageerde Katja geschokt toen ze het hele verhaal had gehoord en besefte dat Ben in gevaar was. En zij ook. 'En nu? Hoe lossen we dit op?' Ze kon maar één ding bedenken. Ze moest zo snel mogelijk naar Wenen om het schilderij te stelen. Dan zou Smyslow hen met rust laten.

'Vergeet het', protesteerde Ben. 'Je houdt je buiten die criminele zaken. Stel je voor dat je wordt betrapt!'

'Maar ik wil niet dat die Russen me nog langer kunnen afpersen!' riep ze vertwijfeld. En als ze nu eens onderdook? 'Dan laat Smyslow jou toch met rust.'

'Ze gaan je achterna.' Ben wilde er niets over horen. 'Ik laat je niet alleen vertrekken. Als je ervandoor gaat, ga ik met je mee.'

'Wil je hier alles in de steek laten?' vroeg ze ontroerd. 'Voor mij?' Hij knikte.

'Wij twee tegen de rest van de wereld', zei hij glimlachend. 'Maar dan kunnen we het beste nu vertrekken.' Ze hadden geen tijd te verliezen.

Ze pakten haastig het hoogstnodige in. Ze zouden niet meer naar Nils' woning gaan, dat was te gevaarlijk. Als Katja iets vergat, zouden ze het onderweg wel kopen. Waar ze heen zouden gaan, wisten ze nog niet. Dat zouden ze pas beslissen als ze in veiligheid waren.

'Ben, ben je er zeker van dat je dit echt wilt?' Katja wist wat een leven op de vlucht inhield. 'Het is geen spel. Het is bittere ernst.'

'Het belangrijkste is dat we samen zijn', zei hij alleen maar. 'Ik laat je niet alleen.' De twee omhelsden elkaar en gaven elkaar een kus. 'Nu moeten we ervandoor.'

'Ik dacht het niet.' Er kwam een man vanuit een hoek van het appartement tevoorschijn. Wassily Smyslow. Katja en Ben verstarden van schrik. De Rus sprak Katja aan. 'Dacht je nu echt dat je met je vriendje kon verdwijnen zonder dat Wassily het merkt? Katinka, Katinka...'

'Laat Ben met rust', zei ze dapper. 'Wij gaan hier rustig naar buiten...'

'Met wie denk jij te maken te hebben?' onderbrak Smyslow haar. Met doodsverachting haalde Ben de verdedigingsspray uit zijn zak en richtte hem op de man. Maar die haalde meteen een revolver uit zijn zak. Moedeloos liet Ben de spray weer zakken. Hij stond machteloos. Katja en hij zaten in de val. 'Jij gaat naar Wenen', zei Wassily tegen Katja. 'Je doet waar je goed in bent en bezorgt me het schilderij. En ondertussen maken wij twee...' Hij streelde Ben met de revolver. '... het hier gezellig.'

'Dit kunt u niet menen!' zei Katja en slikte van angst.

'Je laat me geen andere keuze.' Hij zou zich niet door haar laten belazeren.

Tanja probeerde voortdurend Nils te bellen, maar hij belde niet terug. Hij was ondertussen niet langer arbeidsongeschikt en daarom liep ze naar de fitnessruimte in het hotel.

'Mijn boodschappen op je voicemail...' Ze keek hem onzeker aan. 'Heb je die gehoord?' Ze had hem telkens opnieuw gezegd dat ze nog veel van hem hield. Dat ze hem niet kwijt wilde.

'Al bel je me nog duizendmaal...' Hij zuchtte. 'Het verandert niets. Dus laat het.'

'Dat kan niet', drong ze aan. 'Tussen ons is het niet voorbij. Dat zie ik toch als ik in je ogen kijk.' Ze ging vleiend voort. 'Ik weet dat ik een fout heb gemaakt. Maar ik hou van jou vanuit het diepste van mijn hart. En als jij eerlijk bent... Jij houdt ook nog van mij.' Hij moest slikken, maar herstelde zich toen.

'Ja, ik hou van jou', gaf hij toe. 'Maar dit is de tweede maal dat me dit overkomt. Ik ben nog maar net gehuwd en ik word al bedrogen. Eerst door Sonja. En nu door jou.'

'Ik beloof je dat het nooit meer zal gebeuren.' Ze slikte.

'Ik kan het niet.' Hij vertrouwde haar niet meer. 'Het is beter dat we elkaar met rust laten.' Dat was het laatste wat hij erover kwijt wilde. Tanja kon het niet geloven. Had ze echt alles kapotgemaakt?

Cosima had haar man in het bos opgehaald en naar dokter Niederbühl gebracht. Het traangas veroorzaakte verschrikkelijke pijn, maar richtte geen blijvende schade aan. Nu leidde ze hem aan haar arm naar een bank in het park. Hij begon stilaan weer normaal te zien.

'Bedankt voor je hulp.' Hij plofte zuchtend neer op de bank.

'Geen dank', zei Cosima. 'Een dolgedraaide hotelbediende. Waarom loopt hij met traangas rond?' Er verscheen een glimlach op zijn gezicht. 'Wat is er?'

'Als je zo bezorgd om me bent, wil dat toch zeggen dat ik nog wat voor je beteken', stelde hij vast.

'Beeld je maar niets in', snauwde ze hem toe.

'Kun je me vergeven hoe ik me gisteravond in het restaurant heb gedragen?' vroeg hij.

'Je hebt me proberen te vernederen.' Hij schudde zijn hoofd.

'Ik wist niet hoe ik je de waarheid moest vertellen', beweerde hij. 'Hoe kon ik dat ook na alles wat ik je heb aangedaan... Na al die jaren...' Hij deed alsof hij diep moest inademen om tot rust te komen. 'Cosima, ik hou nog altijd van je', zei hij toen.

'Hoe durf je!' Ze was boos. 'Na al die jaren, waarin je niets van je hebt laten horen, waarin je niet eens een teken van leven hebt gegeven!'

'Ik heb al langer ingezien dat het stom was je in de steek te laten...' Ze geloofde geen woord van wat hij zei. 'Maar ik kon niet meer terug. Je zou woedend zijn geweest en me hebben afgewezen. Zoals je nu doet.'

'Maak jezelf toch niet belachelijk!' beet ze hem toe.

'Hoe vaak denk je dat ik met de telefoon in mijn handen heb gestaan?' ging hij voort. 'Ik schaam me zo voor wat ik jou en de kinderen heb aangedaan.'

'Doe niet zo onnozel.' Ze twijfelde er niet aan dat hij zat te liegen. Hij had haar verlaten zonder zich ook maar iets van haar en de kinderen aan te trekken. Ze had haar vier kinderen alleen moeten opvoeden. Ze wist echter nog altijd niet wat Götz met zijn huichelachtige vertoning van plan was. Maar daar zou ze nog wel achter komen.

Sandra was bij de gynaecoloog geweest. Die had een echo gemaakt en die had ze nu bij zich. Toen ze Lukas tegenkwam, kon ze niet anders dan het hem tonen! Natuurlijk was hij verschrikkelijk blij, maar hij kon weinig opmaken uit de echo.

'Ik zie niets.' Ze moest lachen. Zij had eerst ook niets gezien. 'Daar.' Ze wees naar een klein puntje.

'Dat piepkleine stipje? Dat is onze baby?' Hij staarde er gefascineerd naar.

'Is dat niet het mooiste, piepkleine stipje dat je ooit hebt gezien?' wilde ze weten.

'Absoluut', stemde hij ontroerd met haar in. 'Het allermooiste. Dat kon ook niet anders. Het is dan ook ons kind.' Ze keken elkaar diep in de ogen. Sandra had zich het liefst van al in zijn armen geworpen. Maar haar angst voor Cosima hield haar tegen.

Het had haar zo veel moeite gekost Lukas niet om de hals te vliegen. Ze wilde hem zo graag zeggen hoe veel ze van hem hield en hoe ze uitkeek naar hun kind. Sandra had er alles voor overgehad om samen met hem te kunnen zijn. Als een echt gezin. Maar Cosima maakte dat onmogelijk.

Werner probeerde ondertussen zijn ex-vrouw ervan te overtuigen Lukas Zastrow opnieuw aan te nemen als manager. Charlotte vond het enigszins vreemd dat hij zich zo inzette voor Lukas. Ze was ervan uitgegaan dat Werner het helemaal geen goed idee vond dat Zastrow weer manager werd.

'Er zijn in het verleden natuurlijk een paar vervelende voorvallen geweest', gaf Werner toe. 'Maar je moet toegeven dat hij het Fürstenhof door en door kent, dus we hoeven hem geen lange opleiding te geven...' Charlotte begreep het plotseling. Lukas Zastrow was natuurlijk de vader van zijn kleinkind. 'En die kerel hoort aan Sandra's zijde', zei Werner vastbesloten. 'Of ik dat nu leuk vind of niet.'

'En wat vindt Sandra daarvan?' vroeg Charlotte.

'Ze doet alsof ze niet meer in hem is geïnteresseerd', zei hij. 'Maar ze heeft me wel proberen te overtuigen hem zijn vorige baan terug te geven. Bovendien wordt het tijd dat die jongen leert dat weglopen geen oplossing is en dat hij zijn verantwoordelijkheid moet opnemen.' Ze begreep het. Hij wilde de familie bij elkaar houden. 'Sandra zou doodongelukkig zijn als die kerel het Fürstenhof zou verlaten', zei hij met zekerheid.

'Waarom heb je me niet meteen gezegd dat je wilde dat hij opnieuw manager werd?' zuchtte Charlotte. Nu had ze voor niets die hele stapel sollicitatiebrieven doorgenomen. Werner schaamde zich een beetje.

'Alsjeblieft', zei hij alleen maar. 'Ik kan al zo weinig voor Sandra doen. Geef me de kans haar ten minste de vader van haar kind in de buurt te laten hebben.'

'Ik zal erover nadenken', beloofde Charlotte. Ze zou zelf nog een keer met Lukas Zastrow praten en dan een beslissing nemen.

Smyslow had geëist dat Katja gewoon zoals anders aan het werk ging. Hij bleef met Ben op het appartement, zodat ze niet op het idee kwam hem te verraden en hulp te halen. Ze was nog maar net in het Fürstenhof toen Cosima Saalfeld naar haar toe kwam en haar vroeg waar Ben Sponheim was. Katja verzon snel iets over griep, maar Cosima had natuurlijk door dat het een smoes was. Ze zou die Sponheim het niet gemakkelijk maken. Dat hij Götz met traangas had aangevallen, was een reden om hem op staande voet te ontslaan. Katja raakte steeds meer in paniek. Hoe had ze Ben hier toch bij kunnen betrekken? Door haar bevond hij zich nu in levensgevaar! En het enige wat ze op dit moment voor hem kon doen, was bij Götz Zastrow een goed woordje voor hem doen.

'Dat voorval met het traangas, was een vergissing', deelde ze hem mee. 'Ik weet ook niet waarom hij het deed, maar...'

'Toch zou ik dat weleens willen weten', onderbrak Götz haar.

'Het is iets privé', beweerde ze. 'Iets tussen meneer Sponheim en mij. Maar ik wil niet dat hij door mij zijn baan verliest. Dat mag gewoon niet gebeuren!' Götz keek haar plotseling heel opmerkzaam aan.

'Jullie hebben een relatie, is het niet?' vroeg hij toen.

'En wat dan nog? Hebt u daar iets op tegen?' vroeg ze koppig.

'De seksuele geaardheid van anderen heeft me nog nooit geïnteresseerd', zei hij. 'Toch niet als ik er niets mee te maken heb.' Hij grijnsde. 'U moet me toch nog één ding uitleggen. Zoals u me probeert te overtuigen... Ik zou denken dat er een vrouw tegenover me stond.' Katja kromp geschrokken in elkaar. 'En terwijl die Sponheim mij met zijn spray te lijf ging, riep hij dat ik zijn vriendin met rust moest laten', ging Götz voort. 'Zijn vriendin, niet zijn vriend.' Hoewel ze nu volledig in paniek was, slaagde Katja erin snedig te antwoorden.

'Als u me een vrouw noemt, bent u de grootste homohater die ik ooit heb gezien!' riep ze. 'En weet u wat? Doe maar wat u wilt. Wij hebben geen hulp nodig van mensen zoals u.' Hij keek haar geamuseerd na terwijl ze van hem wegliep.

Ben zat ondertussen de hele tijd opgescheept met Wassily. De Rus verveelde zich in het kleine appartement. Hij zou nog tot de volgende dag moeten wachten. Dan had Katja een vrije dag en zou ze naar Wenen kunnen vliegen, zonder dat het iemand opviel. Bovendien had Wassily honger en hij besloot pizza te halen. Ben hoopte dat hij van de gelegenheid gebruik zou kunnen maken om te vluchten. Maar natuurlijk bond Smyslow hem professioneel vast voor hij de woning verliet.

16

Götz was net op weg naar de apotheker om de oogdruppels te halen die dokter Niederbühl hem had voorgeschreven. Onderweg kwam hij Lukas tegen, die hem vroeg waarom Ben Sponheim hem had aangevallen. Natuurlijk had zijn moeder het hem al verteld. Maar Götz haalde zijn schouders op.

'Misschien heeft mijn moeder Ben Sponheim wel stiekem achter je aan gestuurd', merkte Lukas sarcastisch op. 'Omdat je na al die jaren hier plotseling weer opduikt en haar lastigvalt.' Götz gezicht betrok, alsof de woorden van zijn zoon hem diep raakten. 'Ik ken je niet goed, hoe zou ik je ook kunnen kennen? Maar ik weet wel dat je nooit iets zonder bijbedoelingen doet.'

'Wat denken jullie toch van me?' vroeg Götz en hij deed alsof hij diep ontgoocheld was. 'Normaal bespreek je dit niet met je kinderen, maar... Hopelijk ben je volwassen genoeg. Bovendien heb ik me vast voorgenomen om op te houden met die geheimzinnigheid en achterbaksheid.' Lukas rolde met zijn ogen. Zijn vader mocht ter zake komen. 'Ik besef dat ik vroeger een grote fout heb gemaakt. En ik wil een tweede kans.'

'Vijftien jaar lang heb je niemand van ons iets laten weten', verweet Lukas hem. 'Je bent niet eens naar Markus' begrafenis gekomen.'

'En daar heb ik heel veel spijt van', loog Götz.

'En nu doe je alsof moeder de liefde van je leven was', voegde Lukas er nog aan toe.

'Dat is ze ook', beweerde zijn vader.

'Ach zo! En ik dacht dat ze Beatrice Degenhard heette. De vrouw die je net aan de deur heeft gezet, zodat je nu plotseling zelf voor de financiering van je luxeleventje moet zorgen. Dus het komt je even goed uit dat moeder nu plotseling rijk is. Heel rijk.' Götz had onbeweeglijk zitten luisteren naar Lukas, maar nu lachte hij heel luid.

'Dat is niet waar!' zei hij. 'Ze heeft een paar aandelen die amper iets waard zijn. Van een of ander afgeschreven hotel.' Natuurlijk had hij geïnformeerd naar de financiële toestand van het hotel. Voor Lukas hem kon tegenspreken, staarde Götz geïrriteerd naar de overkant van de straat. Daar liep Wassily Smyslow met twee pizzadozen onder zijn arm. Götz Zastrow kende de Rus maar al te goed. Maar dat verzweeg hij Lukas bewust.

In opperbeste stemming keerde Götz naar het Fürstenhof terug. Daar was hij er toevallig getuige van hoe Cosima de chef-kok afwees. André had haar gevraagd of hij haar die avond weer dessert mocht brengen, maar ze bedankte hem en weigerde. Wat Götz betrof, kon alles niet beter verlopen.

En zo verraste hij Cosima die avond met een fles champagne.

'Ik heb toevallig vernomen dat je vanavond geen afspraken meer hebt', begon hij en hij keek haar met zijn meest charmante glimlach aan. 'En dus dacht ik, ik zal mijn lieve vrouw een beetje gezelschap houden.' Zijn vrijpostigheid maakte haar bijna sprakeloos.

'We zijn zogoed als gescheiden', zei ze vastberaden en keek hem woedend aan. 'Ik dacht toch dat je slimmer was. Je lijkt wel vergeten te zijn dat ik allesbehalve lichtgelovig ben. Je hebt nochtans vele jaren met me samengeleefd.'

'En ik ben vast van plan dat opnieuw te doen', antwoordde hij. 'Weet je waarom ik eigenlijk van je wilde scheiden? Om je opnieuw ten huwelijk te kunnen vragen. Romantischer dan alles wat je ooit al hebt meegemaakt. En om mijn onvergeeflijke fout recht te zetten.' Hij keek haar diep in de ogen.

'Denk je echt dat die goedkope trucs bij mij werken?' vroeg ze spottend.

'Champagne is niet goedkoop', sprak hij haar tegen en ontkurkte de fles. 'Het Fürstenhof biedt dan ook geen rommel aan.'

'Nu zijn we er. Je probeert me alleen maar voor je te winnen omdat je op mijn geld uit bent.' Natuurlijk had Cosima het bij het juiste eind, maar Götz liet niets merken. Ze sprak onverstoord verder: 'Ik moet je helaas ontgoochelen. Zelfs als ik zo dom zou zijn in je leugenachtige versierpogingen te trappen, ik heb mijn voorzorgen genomen. De erfenis van mijn biologische vader zal altijd bij de juiste personen terechtkomen.' Ze beweerde dat ze haar hotelaandelen aan Lukas zou overdragen terwijl ze nog leefde. 'In de kluis daarachter ligt de schenkingsakte klaar', zei ze en ze wees naar het portret van Ludwig Saalfeld. Götz slikte. 'Het maakt niet uit hoelang ik nog leef. Lukas is jong en sterk. Ik wil hem de kans geven iets voor zichzelf op te bouwen.'

'Dat is heel genereus van je', zei Götz en hij probeerde zijn teleurstelling te verbergen. 'Maar ik begrijp niet wat dat met mij te maken heeft. Waarom zou ik een document ondertekenen waarin ik afstand doe van al jouw eigendommen als ik op je vermogen uit ben?' Maar terwijl hij dit zei, dwaalde zijn blik heimelijk af naar het schilderij waarachter een kluis zou zitten.

De volgende dag had Sandra een afspraak met dokter Niederbühl. De arts was heel tevreden over haar toestand, alle bloedwaarden waren in orde.

'Ik sta er zelf van versteld dat ik me zo goed voel', zei ze lachend. 'Behalve de misselijkheid af en toe dan. Maar dat hoort er nu eenmaal bij.' Michael knikte.

'Uw lichaam lijkt goed te reageren op de nieuwe medicatie', stelde hij tevreden vast.

'Maar dat is niet het enige', zei ze. 'Het gaat niet alleen goed met mijn lichaam, maar ook met mijn geest. Ik heb de juiste keuze gemaakt door de baby te houden. Nu is alles in orde.'

'Alles?' vroeg hij. Ze wist dat hij op Lukas doelde. Ze haalde de echo tevoorschijn en toonde die aan de dokter. De arts ontdekte het kleine puntje natuurlijk meteen.

'Lukas en ik hebben er best lang naar moeten zoeken', gaf ze toe.

'Dat is normaal', zei Michael rustig. 'Zoals naar alles wat goed en mooi is in het leven. Er zijn niet veel dingen die echt de moeite waard zijn om ernaar te zoeken en erom te vechten.' Aan haar gezicht was te zien hoe zijn woorden haar in verwarring brachten. 'Ik weet niet wat er tussen u en Lukas aan de hand is', ging hij behoedzaam voort. 'En ik hoef dat ook niet te weten. Vooral niet als u dat niet zelf wilt. Maar ik zou u toch van één ding willen overtuigen, namelijk van mijn geloof in de liefde. Dat heb ik zelf nog niet opgegeven.' Hoewel zijn situatie met Tanja er redelijk hopeloos uitzag, dacht hij dat alleen maar bij zichzelf en sprak hij het niet uit. 'We mogen de liefde niet onderschatten. Terwijl wij maar zoeken en zoeken, heeft de liefde ons al lang gevonden. Begrijpt u wat ik bedoel?' Ze mocht de hoop niet opgeven. Dat bedoelde hij.

Tanja was tot de slotsom gekomen dat ze iets heel bijzonders moest verzinnen om Nils te heroveren. Daarom ging ze onder zijn raam staan, want ze wist dat hij thuis was, en ze begon uit volle borst *Total eclipse of the heart* te zingen. Het was hun lied. Voorbijgangers bleven staan en keken haar verbaasd aan.

'Wat doe jij daar?' Het duurde niet lang voor Nils het huis uit kwam. Ze keek hem stralend aan.

'Ik zing ons lied', zei ze.

'Zie je dan niet hoe iedereen naar je staart?' vroeg hij. Maar daar trok Tanja zich niets van aan. 'Maar ik wel.'

'Andere mensen mogen denken wat ze willen', zei ze. 'Voor mij telt slechts één ding, namelijk wat jij denkt.' Ze keek hem bezwerend aan. 'Wat jij voelt. Jij, mijn man. Alsjeblieft, Nils, begrijp je dan niet hoe belangrijk je voor me bent? Belangrijker dan al het andere op de wereld!'

Simon vond de gast die Ben in hun gemeenschappelijk appartement onderdak had geboden, heel vreemd. Maar Ben beweerde dat Wassily een oude makker van hem was die een paar dagen zou blijven. Dat de hotelbediende zich ziek had gemeld op het werk, maakte Simon nog wantrouwiger. En dus sprak hij Kai Krone erover aan. Katja bevestigde natuurlijk Bens verhaal, maar ze zei dat ze er persoonlijk voor zou zorgen dat de Rus zo snel mogelijk zou verdwijnen en dat klopte ook, want ze zou die dag nog naar Wenen vliegen.

Götz Zastrow had ondertussen inlichtingen gewonnen over zijn oude bekende, Wassily Smyslow, en zijn omgeving. Wat hij ontdekte, verraste hem erg...

'U heet in werkelijkheid Katja Heinemann.' Katja schrok zo erg dat ze bijna de koffer liet vallen die ze net droeg. 'U bent een vrouw. Ik wist het.' Götz Zastrow grijnsde triomfantelijk. 'En dan nog een onfatsoenlijke jongedame die wordt gezocht voor kunstdiefstal. En problemen heeft met Russen.'

'Hoe weet u dat?' fluisterde ze geschrokken.

'Ik heb ook al te maken gehad met die kerel', zei hij geamuseerd. 'Als strafpleiter kom je nu eenmaal in contact met veel mensen. En ik trek mijn conclusies. Uw partner Ben dacht dat ik bij hen hoorde. En daarom heeft hij me aangevallen.' Katja was zo van streek dat haar dekmantel was ontdekt, dat ze gewoon van Götz wegliep.

Charlotte had Lukas Zastrow om een gesprek gevraagd.

'U hebt mij geen kleinkind bezorgd', begon ze droogweg. 'En daarom ben ik niet zo gemakkelijk te manipuleren als mijn lieve ex-man met zijn onverbeterlijke familiegevoel.'

'Dat begrijp ik', antwoordde Lukas. 'En ik begrijp ook dat u wantrouwig tegenover me bent, maar ik wil één ding duidelijk maken: ik heb meneer Saalfeld niet gemanipuleerd. Ik denk dat hij me opnieuw als manager wil omdat...' Charlotte liet hem niet uitpraten.

'Ik weet dat Sandra een grote invloed uitoefent op Werner', zei ze. 'Het interesseert me veel meer waarom u denkt dat u mij kunt begrijpen.'

'Door mijn moeder', gaf hij openlijk toe. 'Ze heeft voor heel wat tegenstrijdigheid en misnoegen gezorgd. Onder andere door hoe ze zich tegenover u gedraagt. En ik kan u natuurlijk niet verbieden mij over dezelfde kam te scheren.'

'Ik ben heus wel in staat ieder voor zich te beoordelen.' Zijn openheid beviel haar duidelijk. 'Ik zie wel wat voor iemand hij of zij is.'

'Maar ik ben iets van plan wat u vast zal overtuigen. Afgezien van mijn kwaliteiten dan, die u toch moeilijk kunt ontkennen.' Hij had besloten Rosalies aandelen niet langer te beheren. Die taak zou hij overdragen aan een neutraal iemand.

'Dat zou betekenen dat een vreemde inspraak krijgt in het Fürstenhof', wierp Charlotte op.

'Aan de andere kant zou ik nog altijd uw tweede man zijn', reageerde hij. 'Uw toegewijde dienaar. Zonder verdere macht of bevoegdheden.' Op die manier zou er in de toekomst geen belangenconflict meer zijn.

'Dat begrijp ik', zei Charlotte. 'En dat doet u vrijwillig? Uw moeder zal u dankbaar zijn.'

'Voor Sandra doe ik alles', zei hij ernstig. 'Wat mijn moeder daarover denkt, is niet zo belangrijk.' Daarvoor kon Charlotte alleen maar respect opbrengen.

'Mevrouw Saalfeld heeft me net aan een kruisverhoor onderworpen. Maar het resultaat is dat ik opnieuw manager ben.' Lukas was naar de serre gegaan om Sandra het goede nieuws te vertellen. 'Ik begin vandaag al. Dat is goed nieuws, niet?' Ze was er duidelijk heel blij mee. 'En er is nog wat', ging hij voort. 'Over Rosalie. Ik moet natuurlijk de periode van één jaar respecteren.' Maar daarna zou hij meteen de scheidingsprocedure inleiden. Als Rosalie na een jaar nog altijd niet was ontwaakt, zou een voogd de zorg over haar overnemen en ook haar hotelaandelen vertegenwoordigen. 'Eén jaar. Dan ben ik vrij en sta ik klaar voor je. Voor ons.' Hij nam haar hand. Ze liet het gebeuren. 'Sandra, ik hou van je', fluisterde hij. 'Laat ons weer samen zijn.' Ze wist niet hoe ze moest reageren. Ze leek wel een eeuwigheid te zwijgen. 'Waarom omhels je me niet gewoon?'

'Omdat...' Hulpeloos zuchtte ze.

'Soms heb ik de indruk dat je geen enkele uitvlucht meer kunt verzinnen om me van je weg te houden', stelde Lukas liefdevol vast.

'Jawel! Het is Rosalie... Dat heb ik je al uitgelegd.' Ze kon het bijna niet uithouden.

'Dat breng ik toch in orde', sprak hij haar tegen.

'Maar nu zijn jullie nog getrouwd', beweerde ze.

'Dat speelt toch geen rol?' vroeg hij verwonderd.

'Voor mij is het heel belangrijk', beweerde ze. Hij schudde zijn hoofd. Hij begreep haar niet. 'Het is heel eenvoudig. Zolang jij nog getrouwd bent, kunnen wij geen relatie hebben.'

'Dan wacht ik.' Hij klonk zo droevig dat haar hart bijna brak. Ze had hem zo graag getroost. Maar wat moest ze doen?

Kon ze maar met hem praten, hem alles vertellen. Maar dat monster was ertoe in staat haar eigen zoon aan te geven! Misschien konden Sandra en Lukas er met de baby vandoor gaan? Maar dat zou niets oplossen. Zijn moeder zou hen nooit met rust laten. Cosima zou hen blijven achtervolgen, waar ze zich ook zouden verschuilen. Het was gewoon onmogelijk. Dat kon ze de baby niet aandoen.

Ben zat op de bank en staarde apathisch voor zich uit. Katja had net wat spullen bij elkaar gezocht en zou naar Wenen vertrekken. Morgenavond zou ze terug zijn.

'Je hebt genoeg tijd', zei Smyslow. 'Je haalt gewoon het schilderij en bent op tijd terug voor je volgende dienst.'

'Het schilderij halen...' mompelde Katja. 'Dat is mooi gezegd.' Hij wierp haar een boze blik toe. 'En dan vertrekt u? En laat u ons eindelijk met rust?'

'Dat zien we nog wel.' Smyslow grijnsde.

Ben omhelsde zijn vriendin als afscheid.

'Het lukt je wel', fluisterde hij haar bezwerend in het oor. 'Ik weet dat je het kunt. Het is de laatste keer dat je moet inbreken. En dan komt alles goed. Ik beloof het je.' Maar Katja betwijfelde of het goed zou gaan. Als men haar nu betrapte, zou ze jarenlang de gevangenis in gaan...

'Het is tijd, anders mis je je vlucht nog!' Smyslow onderbrak hen botweg. Toen werd er aan de deur geklopt. 'Wie is dat?' Katja en Ben hadden er geen flauw idee van. Simon kon het niet zijn, die had zelf een sleutel. 'Maak open en stuur hem of haar weg. En geen stommiteiten!' Smyslow klopte veelbetekenend op het wapen in zijn zak. Aarzelend ging Ben naar de deur en opende ze op een kier. Maar Götz Zastrow duwde de deur open en liep naar binnen.

'Hallo, meneer Smyslow', begroette hij de verraste Wassily.

'Meneer Zastrow...' De Rus zette een stap dichterbij en stak Götz zijn hand toe. 'Hoe gaat het met u?'

'Het gaat uitstekend met mij. En met u?'

'Het gaat wel.' Katja en Ben keken elkaar weifelend aan.

'Ik wist dat die Zastrow er iets mee te maken had', fluisterde Ben.

'En... Wat nu?' Katja keek bang van de ene naar de andere.

'Verdwijn', zei Götz tegen Ben en haar. De twee aarzelden. 'Vooruit, waar wachten jullie nog op? Jullie Russische vriendje en ik moeten nog even praten.'

'Wacht!' zei Wassily Smyslow plotseling. 'Ik bepaal nog altijd wat er hier gebeurt!'

'Vanaf nu ben ik de enige hier die nog wat bepaalt!' zei Götz kortaf. Katja en Ben verlieten ongehinderd de woning. 'Zo. En nu wij tweeën.' Götz bekeek Smyslow als een kat die op het punt stond een muis te verslinden.

Götz eiste van Smyslow dat hij Katja Heinemann in het vervolg met rust liet. Natuurlijk wilde de Rus daarover niets horen. Maar Götz gaf niet toe.

'Het meisje staat vanaf nu onder mijn bescherming', zei hij.

'Dat interesseert me niet', snoof de Rus woedend. 'Die zaak in Wenen is al lang gepland.' Wat moest hij zijn opdrachtgever dan vertellen?

'Dat is uw probleem', zei Zastrow.

'Ik heb geen probleem', sprak Smyslow hem tegen. 'Dat meisje vertrekt nu naar Wenen en doet er wat ze moet doen.' Götz schudde zijn hoofd.

'Was het eten in de gevangenis zo goed?' vroeg hij toen. Hij had de Rus ooit uit de gevangenis gehaald. 'Ik kan u zo weer de gevangenis in krijgen. Er zijn namelijk voldoende bewijzen dat u die kerel echt kreupel hebt geslagen.'

'Bewijzen waarvan u al voor het proces op de hoogte was en die u hebt laten verdwijnen', antwoordde Smyslow.

'Bedreigt u me?' Götz glimlachte geamuseerd.

'Als u mij achter de tralies wilt krijgen, zorg ik ervoor dat u met me meegaat', zei Wassily Smyslow overtuigd.

‘Maakt u zich maar geen zorgen om mij’, antwoordde Zastrow neerbuigend. ‘Ik was ooit openbaar aanklager.’ Hij had dus veel connecties. De Rus zag geen andere oplossing en trok zijn pistool. Maar tot zijn grote verbazing was Götz niet onder de indruk. In de plaats daarvan barstte Lukas’ vader in luid gelach uit.

‘U mag het meisje hebben’, zei Smyslow enigszins uit zijn lood geslagen. ‘Maar pas nadat ze haar opdracht voor mij heeft uitgevoerd. En verdwijn nu!’ Hij zwaaide met zijn wapen in het rond.

‘Schiet dan’, zei Götz gelaten. ‘Maar als ik u was, zou ik er goed over nadenken. Hoeveel mensen wonen hier? Dertig? Vijftig?’

‘Zwijg!’ Smyslow kookte van woede.

‘En hoelang duurt het denkt u voor de politie hier is?’ ging Götz hardnekkig voort. ‘Voor moord krijgt u levenslang. Dus doe nu eindelijk wat ik u zeg: verdwijn en laat u hier nooit meer zien!’ De Rus gaf zich gewonnen en liet zijn revolver zakken.

17

'Hoe weet Zastrow dat jij een vrouw bent?' Katja en Ben ijsbeerden door het dorp. Ze moesten weten hoe het gesprek tussen Smyslow en Zastrow was afgelopen. Katja vertelde hem hoe Zastrow had ontdekt dat ze een vrouw was. Toen zagen ze Wassily Smyslow naar hen toe komen.

'Succes met die vent', bromde de Rus. 'Jullie zullen me nog missen.' Na die woorden draaide hij zich om en verdween. Even later dook Götz bij hen op.

'Ik denk dat jullie vanaf nu met rust zullen worden gelaten', zei hij opgewekt. 'Die vent zal jullie in elk geval niet meer lastigvallen.'

'Hoe hebt u dat voor elkaar gekregen?' vroeg Ben wantrouwig.

'Ik ben strafpleiter', antwoordde Götz. 'En in die hoedanigheid heb ik het genoegen gehad deze heer te kennen. Als strafpleiter weet je het een en ander over je cliënten, ook dingen die niet ter sprake komen in een proces.' Hij lachte zelfingenomen. 'Eén woord van mij tegenover mijn collega's bij het Openbaar Ministerie en hij vliegt achter de tralies.' Het sprak voor zich dat Smyslow er de voorkeur aan had gegeven ervandoor te gaan.

'Maar waarom?' vroeg Ben. 'Waarom doet u dat voor ons?'

'Het is mijn plicht om te voorkomen dat burgers een misdaad plegen', zei Götz. 'Als dat kan.' Katja en Ben vertrouwden hem nog altijd niet.

'En hoe hebt u Katja's geheim ontdekt?' drong Ben aan 'Ik bedoel, hoe weet u dat ze een kunstdievegge is?'

'Ze zal wel een reden hebben om als man rond te lopen', zei Götz achteloos. 'En toen ik toevallig onze Russische vriend tegenkwam...' Hij wist waarmee Wassily geld verdiende. De rest lag voor de hand.

'Ik geef het niet graag toe, maar ik ben heel blij dat u ons hebt geholpen', zei Katja dankbaar.

'Graag gedaan.'

'En nu?' Ben had duidelijk een onbehaaglijk gevoel. Maar Götz beloofde dat Katja's geheim bij hem veilig was. Hij zou haar niet verraden.

'Ik kan nog altijd niet geloven dat we zo veel geluk hebben gehad', zei Katja toen ze samen met Ben naar het Fürstenhof wandelde. Ook de hotelbediende was nog onder de indruk. Maar hij maakte zich ook zorgen. Ze wisten nog altijd niet waarom Götz Zastrow hen had geholpen. 'Misschien wilde hij gewoon vriendelijk zijn?' hoopte Katja.

'Hij is geen vriendelijk iemand', sprak haar vriend haar meteen tegen. 'Dat voel ik toch.' Götz Zastrow was niet de persoon die iets deed waar hij zelf geen belang bij had.

'Waarom ben je toch zo achterdochtig?' zuchtte Katja.

'Ik denk gewoon dat er meer achter zit...'

Maar nu moesten ze eerst nog een ander probleem oplossen, namelijk meneer Sonnbichler uitleggen hoe Ben zo snel na zijn zogenaamde griep weer gezond was...

Tanja en Michael zaten in de praktijk en bekeken de vakantieplanning. De school zou drie weken gesloten zijn en dus moesten ze elke dag opvang zoeken voor Fabien. Michael wilde graag een paar dagen met zijn zoon op vakantie gaan. Nadat ze alles hadden besproken, wilde Tanja afscheid nemen, maar hij hield haar staande.

'Wacht even...' zei hij. 'Tussen jou en je man...'

'Is er niets veranderd', zei ze bars. 'Of misschien toch. Ik kan nu doen waar ik zin in heb. Maar ik ben hem wel kwijt.'

'Het spijt me', zei hij medelevend, maar dat maakte haar alleen maar boos.

'Doe nu niet alsof!' snauwde ze hem toe. 'Zonder jou was mijn huwelijk niet om zeep!'

'Jij bent net zo schuldig als ik', antwoordde hij.

'Ja, ik weet dat ik het zelf heb gedaan.' Ze liep naar de deur. 'Denk nog maar eens over die vakantie na. Maar laat het me tijdig weten.' Toen was ze verdwenen. Bedroefd keek Michael haar na.

Het ging ondertussen echt niet goed met Tanja. Ze was er met haar gedachten niet helemaal bij toen ze de trap poetste. De hele trap stond vol vegen van het poetsen. Charlotte riep haar tot de orde.

'Beschuldigt u me ervan niet goed te poetsen?' vroeg Tanja boos.

'Kijk zelf eens.' Charlotte gaf haar de opdracht de trap opnieuw te poetsen en liep weg. Gefrustreerd en boos trapte Tanja tegen de emmer. Die viel om, donderde van de trap en landde voor Charlottes voeten.

'Bent u nu helemaal gek geworden?' Woedend draaide Charlotte zich om. Maar voor Tanja iets kon zeggen, weerklonk Nils' stem. Hij kwam net de trap af gelopen en beweerde dat hij per ongeluk tegen de emmer was gelopen. Tanja was haar man ontzettend dankbaar. Charlotte geloofde geen woord van wat Nils Heinemann haar vertelde. Maar hij bleef volhouden dat het zijn schuld was.

'Zonder jou zat ik nu hopeloos in de problemen', zei Tanja nadat Charlotte Saalfeld hoofdschuddend was weggegaan. 'In het slechtste geval had ze me kunnen ontslaan. Daarom: hartelijk bedankt!'

'Ik doe dit ook maar één keer voor je', bromde Nils. 'De volgende keer dat je zoiets stoms doet, hoef je niet op mijn hulp te rekenen.' Tanja had slecht gepoetst en mevrouw Saalfeld had haar daarop aangesproken. 'Je bent toch volwassen. Je bent verantwoordelijk. Besef je dat wel? Hoe wil je Fabien te eten geven als je je baan verliest?' Tanja vond dat het welletjes was geweest met zijn donderpreek. Maar hij was nog niet klaar. 'Jij denkt nooit na over de gevolgen van wat je doet!' verweet hij haar.

'Dat is niet waar!' sprak ze hem tegen.

'Ja, achteraf, als het te laat is.' Ze wist waarover hij het had en knikte betrapt.

'Toch bedankt', zei ze zacht.

'Ik kan niet zeggen dat het graag gedaan is. Ik vond alleen dat ik je dit verschuldigd was.' Het kamermeisje slikte. 'Maar de volgende keer los je het zelf maar op.' Hij liep weg. Ze bleef even aan de grond genageld staan, maar liep hem daarna achterna.

'Wacht!' Onwillig draaide Nils zich naar haar om. 'Ja, ik maak fouten. Veel fouten. Fouten die jij me misschien niet kunt vergeven. Maar dat geeft je nog niet het recht me zo neerbuigend te behandelen.' Ze keek hem woedend aan. 'Je spreekt tegen me alsof je alle wijsheid in pacht hebt. Je bent me helemaal niets verschuldigd. Helemaal niets. Je hoeft me niet uit de narigheid te helpen en al helemaal niet een preek te geven.'

'Kalmeer nu toch eens', zei hij.

'Ik doe helemaal niets!' riep ze. 'Wie is de reden dat ik tegen die emmer trapte?'

'Ach zo, ben ik nu de schuldige?' antwoordde hij geërgerd.

'Wie anders?' Tanja werd steeds bozer. 'Ja, ik heb je gekwetst. Dat voorval met Michael was een ontzettende stommiteit. Maar hoe vaak moet ik me daarvoor nog verontschuldigen? Hoe vaak moet ik me nog belachelijk maken, zoals daarstraks voor je deur?'

'Dat was niet eens zo belachelijk, maar...' Ze onderbrak hem.

'O nee? Ik sta daar te zingen. En wat doe jij? In plaats van me in je armen te nemen, maak jij je zorgen over wat de mensen zullen denken.' Hij was gewoonweg te verrast geweest, maar dat volstond voor haar niet als uitleg. 'Je bent een egoïstisch, arrogant stuk chagrijn!' verweet ze hem. 'Die anderen voortdurend hun fouten onder de neus wrijft, maar zelf nooit wat verkeerd doet volgens zichzelf.' Hij zweeg gekwetst. 'Nou, je bekijkt het maar. Ik kan je medelijden missen. En je minachting ook. En je betweterige raadgevingen trouwens ook.' Ze zou nu gewoon die trap poetsen, zodat mevrouw Saalfeld geen reden had om haar te ontslaan. Maar nu onderbrak Nils haar.

'Wacht eens even, alsjeblieft...' Ze keek hem minachtend aan. 'Besef je eigenlijk wel waarom ik zo hard en betweterig en eigenwijs ben? Misschien ben ik zelfs egoïstisch. Maar alleen omdat... omdat ik gekwetst ben. Omdat ik van je hou.

Omdat ik zielsveel van je hou.' Langzaam knikte ze. Toen omhelsden ze elkaar en ze kusten elkaar onstuimig.

Cosima luisterde ontzet toe hoe Lukas haar meedeelde dat hij Rosalies hotelaandelen in de toekomst wilde laten beheren door een voogd.

'Je kunt onze eigendommen toch niet zomaar weggeven!' riep ze boos.

'Ten eerste geef ik niets weg...' Ze liet hem niet uitspreken.

'Maar toch bijna!' Zo zouden ze minder te zeggen hebben.

'Ten tweede zijn het Rosalies aandelen', ging hij onverstoord voort. 'Die zij op rechtmatige wijze heeft verkregen.'

'Die aandelen zijn van mij gestolen!' De stem van zijn moeder sloeg over. 'Net zoals het hele Fürstenhof! En gestolen waar blijft eigendom van de oorspronkelijke eigenaar. Ongeacht het aantal keer dat het is verkocht.'

'Op moreel vlak heb je misschien gelijk', gaf hij toe. 'Maar juridisch gezien kun je geen aanspraak maken op het Fürstenhof.'

'Is dat het laatste wat je hierover te zeggen hebt?' vroeg ze. 'Jij ontneemt ons dus de mogelijkheid om hier macht te krijgen?'

'Hoe bedoel je?' vroeg hij. Zij zou toch haar dertig procent aandelen behouden. 'En dat is het beste zo. Voor alle betrokkenen.'

Cosima was meteen op zoek gegaan naar Sandra en ze vond haar in de personeelskamer.

'U waagt zich op glad ijs!' beet ze haar meteen toe. 'Dat beseft u toch?' Sandra keek haar vragend aan. 'U hebt Lukas op dit idee gebracht!' verweet Cosima haar woedend. 'Een voogd zoeken voor Rosalie, zodat die persoon haar aandelen kan beheren en zich met de scheiding kan bezighouden.'

'Dat was Lukas' idee', zei Sandra kortaf. Zijn moeder geloofde haar niet.

'Ik kan me niet voorstellen dat hij alleen zo'n idioot idee kan bedenken', snauwde ze.

'Omdat u geen hart hebt', snauwde Sandra terug. 'Omdat u er geen flauw idee van hebt wat men zoal doet uit liefde.'

'Liefde...' Cosima snoof minachtend.

'Ja!' Sandra werd vuurrood. 'Lukas begrijpt niet waarom ik het heb uitgemaakt tussen ons. Hoe kan hij dat ook begrijpen? Ik hou van hem en hij houdt van mij. Maar misschien moet ik hem vertellen dat zijn eigen moeder hem achter de tralies wil doen belanden als ik bij hem blijf?'

'U weet wat er dan gebeurt', zei Cosima dreigend.

'Maakt u zich maar geen zorgen.' Sandra zou nooit toelaten dat Lukas de gevangenis in ging. 'Want in tegenstelling tot u weet ik wat liefde is.' Ze was niet meer te stoppen. 'Waarom laat u ons niet met rust? Lukas en ik waren gelukkig! Maar u weet waarschijnlijk niet eens wat gelukkig zijn is. U wilt ons uit elkaar krijgen uit hebzucht. Omdat Rosalie aandelen van het Fürstenhof bezit en u die in uw bezit wilt krijgen.'

'Ik wil alleen het beste voor Lukas', zei Cosima verwaand. 'U past niet bij Lukas. Hoe sneller u dat inziet, hoe beter.'

'Ik heb haar ogen gezien. IJskoud. Ik denk dat ze geen gevoelens heeft. Ze weet waarschijnlijk niet eens wat dat is.' Sandra vertelde Simon over haar onaangename gesprek met Cosima. 'Tegen iemand die zo gewetenloos is, maakt niemand kans.' Sandra zuchtte. Ze was er niet zeker van of ze dit nog langer volhield. Vooral niet omdat Lukas het niet leek op te geven. Ze had net een briefje van hem aan haar kastje gevonden.

'Ik zal te weten komen waarom je het hebt uitgemaakt', stond erop. 'Al moet ik ervoor naar het einde van de regenboog.'

Astrid had Sandra's oude sprookjesboeken meegebracht uit München. Sandra was er heel blij mee. Terwijl ze door de boeken bladerde, zoals ze zo vaak had gedaan als kind, kreeg ze plotseling een idee.

Ze schreef Lukas een brief waarin ze hem een sprookje vertelde. Over een ridder en een prinses. En er was een boze draak die verhinderde dat de ridder kon huwen met de prinses.

Het kwam Cosima goed uit dat ze haar slechte humeur kon uitwerken op Ben Sponheim. Ze had besloten de hotelbediende op staande voet te ontslaan omdat hij haar man had aangevallen met traangas. Ze had er echter niet op gerekend dat uitgerekend Götz zou opkomen voor Ben.

'De jongen heeft ontzettend spijt van het hele voorval, nietwaar?' Ben knikte een beetje overdonderd. 'En ik ben ook niet helemaal vrij te pleiten', ging Götz voort.

'Ik dacht dat hij me achtervolgde', bekende Ben.

'Dat kon hij inderdaad denken.' Götz keek Cosima vleiend aan. 'Ik vind dat je in dit geval wel enige genade mag vertonen.'

'Tja...' Het was duidelijk dat het haar niet beviel. 'Als jullie de zaak onderling hebben bijgelegd... Maar dit is uw laatste kans, Sponheim!'

'Bedankt.' Opgelucht ging Ben weer aan het werk.

'Zou je je in de toekomst niet meer willen mengen in de problemen met mijn werknemers?' verweet Cosima haar man terecht. Hij knikte.

'Het is niet gemakkelijk een hotel te leiden. Maar jij doet dat uitstekend. Je hebt een opmerkelijke soevereiniteit.' Ze wist door het compliment even niet wat te zeggen. 'En dat wil je allemaal op het spel zetten door je aandelen aan Lukas over te dragen? Jij weet toch net zo goed als ik dat die jongen onvoldoende stevig in zijn schoenen staat.' Hij glimlachte opvallend lief. 'Als ik jou was, zou ik die schenkingsakte in de kluis verscheuren. Ik zou me zelf weer met alles bezighouden. Niemand kan het beter dan jij.' Ze glimlachte. Natuurlijk zou ze op haar hoede blijven voor Götz. Maar zijn woorden streelden haar ijdelheid wel.

Lukas tobde over de brief die Sandra hem had geschreven. Hij had meteen door dat zij de prinses was en hij de ridder. Maar wie was dan de draak die wilde verhinderen dat ze samen gelukkig werden?

'De prinses wachtte verlangend op hem in haar torenkamer', had Sandra geschreven. 'De ridder wilde haar bezoeken, maar de machtige draak verhinderde dat steeds. Daarom verzon de ridder een list, zodat hij de prinses toch af en toe kon ontmoeten zonder dat de draak hen stoorde.' Wat bedoelde ze daarmee? Een bezoekje van zijn moeder onderbrak zijn gepieker. Cosima wilde het nog een keer met hem hebben over de hotelaandelen van Rosalie. Maar zijn besluit stond vast en hij had meneer Pachmayr al de opdracht gegeven een voogd aan te stellen. De brief van Sandra lag op zijn bureau. Daar lag hij nog steeds toen Lukas heel even de badkamer in ging.

Later die avond kreeg Sandra ook een brief.

'De draak slaapt deze nacht diep en vast. Als de ridder en de prinses heel, heel stil zijn, merkt de draak vast niet dat ze in het prieel in de tuin afspreken.' Glimlachend liet ze de brief zakken. In het prieel in de tuin? Zouden Lukas en zij dat durven?

Ze vroeg Simon om raad. Hij begreep natuurlijk dat ze ernaar verlangde weer alleen te zijn met Lukas. Maar hij vond het geen goed idee stiekem af te spreken. Stel dat zijn moeder hen betrapte.

'Je hebt vast gelijk', zuchtte Sandra. 'Het is vast dwaas om het te doen.'

'En ik vrees dat je vanavond in een dwaze bui bent.' Hij grijnsde.

'Zie je het aan mij?' Simon knikte.

'Je houdt van hem.' En het was gewoon een dwaze liefde.

18

Met bonzend hart liep Sandra het prieel in. Er was nog niemand. Toen hoorde ze plotseling gekraak, voetstappen kwamen dichterbij langs het paadje naar het prieel. Een stralende glimlach verscheen op Sandra's gezicht. Maar die veranderde al snel in ontzetting. Want het was niet Lukas die naar het prieel kwam. Het was Cosima.

'Dwaas meisje', siste ze. 'Dit was een grote fout.' Geschokt keek Sandra Lukas' moeder aan. 'Ik had u gewaarschuwd. Maar u moest het absoluut opnemen tegen de draak. Dan moet u ook maar met de gevolgen daarvan leven, of beter gezegd Lukas moet ermee leven.'

'Alstublieft! U mag hem niet aangeven bij de politie!' smeekte Sandra.

'Wij hadden een afspraak', antwoordde Cosima koel. 'Ik heb me daaraan gehouden. Maar u... U wilde het lot tarten. Nu ziet u wat er gebeurt als men egoïstisch is.' Sandra schudde haar hoofd alleen maar toen ze de feiten zo verdraaid hoorde. En langzaam bekroop haar woede.

'Nu is het genoeg geweest!' riep ze. 'Ik heb genoeg van uw spelletjes en bedreigingen! Ik dans niet naar uw pijpen!'

'Uw woede-uitbarsting is helaas misplaatst', antwoordde Lukas' moeder spottend. 'U zult niet kunnen verhinderen dat ik de politie inschakel.'

'Doe het dan maar.' Sandra had nu niets meer te verliezen. 'Neem de vader van mijn kind maar bij me weg!' Cosima keek haar verbijsterd aan. 'Ik ben namelijk zwanger. Van Lukas.' Natuurlijk dacht Cosima, nadat ze zichzelf weer onder controle had, dat het om een list ging. Sandra's gezondheid was toch veel te broos om een kind ter wereld te kunnen brengen.

'U wilt me alleen maar onder druk zetten', snauwde ze Sandra toe.

'Niet alle mensen zijn zo sluw en berekenend als u', antwoordde Sandra boos. 'Ik zou van mezelf walgen als ik zo met andere mensen hun gevoelens zou spelen.'

'Laat dat morele gezwets maar achterwege', zei Cosima minachtend. Maar Sandra was niet meer tegen te houden.

'Lukas en ik... Wij zijn zoals schaakfiguren in een schaakspel en het enige waar het om draait, is uw egoïsme. Maar nu is het uit!' Ze keek Lukas' moeder uitdagend aan. 'Ik hou van uw zoon. Maar dat begrijpt u natuurlijk niet. Eigenlijk heb ik alleen maar medelijden met u.' Toen liep Sandra Cosima voorbij en ze rende het prieel uit. Lukas' moeder bleef verward achter. Sandra's woorden hadden indruk op haar gemaakt.

Zou Cosima nu echt naar de politie stappen? Sandra was haar kamer in gevlucht. Lukas' moeder had vast de brief gevonden en zij had een antwoord geschreven om Sandra in de val te lokken. Als Cosima de politie op de hoogte bracht van het valse alibi, stond morgen vast de politie voor de deur. Sandra moest Lukas waarschuwen! Ze greep naar de telefoon. Maar als ze hem de waarheid zou opbiechten, zou de situatie helemaal escaleren. Ze moest iets anders bedenken!

Katja moest die avond werken en Götz maakte van de gelegenheid gebruik om haar om een gunst te vragen.

'Ik heb een probleempje met mijn vrouw en u kunt me waarschijnlijk helpen', begon hij. Hij vroeg Katja om een kijkje te nemen in Cosima's kluis.

'U vraagt me bij haar in te breken?' vroeg Katja ontzet. 'Om haar kluis open te maken?' Götz knikte.

'En liefst zonder sporen na te laten.' Ben kon ze hiervan maar beter niet op de hoogte brengen.

'Maar ik wil niets meer te maken hebben met criminele praktijken', sprak ze hem tegen.

'Dat begrijp ik', zei Götz vleiend. 'Slinkse streken leveren nooit wat op. Dat zeg ik voortdurend tegen mijn cliënten. Ooit beland je zo in de gevangenis. Uw eigen vader is het beste voorbeeld... Maar ik moet toch op deze dienst aandringen.' Katja slikte. 'Het is toch niet echt een misdaad. En al helemaal niet te vergelijken met wat u voor Smyslow moest doen.' Het risico zou heel klein zijn. Hij zou er zelf voor zorgen dat ze niet gestoord werd door Cosima.

'Maar het is illegaal', probeerde Katja hem nog een keer om te praten. 'Ik wil er echt mee ophouden.'

'U weigert deze kleine wederdienst voor me te doen?' Hij trok zijn wenkbrauwen op. 'Dat is wel heel ondankbaar van u. Ik verzwijg tenslotte uw geheim. En dat wilt u toch zo houden, niet?' Hoe vriendelijk zijn woorden ook klonken, het was duidelijk dat hij haar bedreigde. Katja zuchtte.

'Goed dan.' Ze zou zien wat ze kon doen. 'Maar laat één ding duidelijk zijn: ik doe dit eenmaal. U kunt me niet voortdurend nieuwe klusjes geven.'

'Wees maar niet bang', zei hij met een wegwuivend gebaar. 'Ik vraag u maar één wederdienst. Dat beloof ik.'

'Je had gelijk wat die Zastrow betreft. Die is zelf niet helemaal zuiver op de graat.' Katja vertelde Ben wat Götz van haar verlangde. Ze wilde niet langer dingen verzwijgen voor haar vriend. Het was al erg genoeg dat ze hem in die zaak met Smyslow had betrokken. Natuurlijk wilde Ben niet dat ze zou inbreken in Cosima Saalfelds woning. 'Ik heb toch geen andere keuze?' zuchtte ze. 'Ofwel ik doe wat hij zegt, ofwel hij geeft me aan bij de politie.' Het was trouwens een gemakkelijk klusje. Götz zou zijn vrouw met een smoes uit haar woning lokken en dan zou Katja inbreken. 'Ik verkleed me als monteur en doe alsof ik iets moet repareren.'

Tanja en Nils hadden de rest van de dag samen doorgebracht. Ze waren allebei dolgelukkig dat ze zich weer met elkaar hadden verzoend. Haar woede-uitbarsting eerder beschouwde Nils als een bewijs dat zijn vrouw echt van hem hield. Alleen daarom was hij erin geslaagd ook een toegeving te doen.

Hij stelde voor eindelijk hun huwelijksreis te maken.

'Dat zou geweldig zijn!' riep Tanja vrolijk. Ze zou het liefst van al de volgende dag al naar Venetië vertrekken. Ze zou proberen meneer Sonnbichler zover te krijgen haar vrijaf te geven. Ze was ervan overtuigd dat het mogelijk was, veel gasten waren er nog altijd niet in het Fürstenhof.

De volgende ochtend zocht Cosima meteen dokter Niederbühl op in zijn praktijk. Ze begon meteen over Sandra's zwangerschap. Michael was eerst verbaasd dat Lukas' moeder al op de hoogte was. Maar toen bevestigde hij dat Sandra zwanger was. En hij vertelde haar bovendien dat het voor Sandra gevaarlijk was, het kind ter wereld te brengen.

'Door de zwangerschap moet ze andere geneesmiddelen nemen. De kans dat haar hart wordt afgestoten, is nu weer groter.' Cosima slikte. Sandra Ostermeyer had dus niet gelogen.

Cosima wilde in alle rust nadenken en trok zich terug in haar woning. Maar lang duurde haar rust niet. Götz kwam langs en overhandigde haar alweer een groot boeket bloemen.

'Ik dacht dat we het erover eens waren dat je hier zou verdwijnen!' snauwde ze hem toe. 'Er valt bij mij niets te rapen.'

'Waarom denk je eigenlijk dat ik op je geld uit ben?' Hij deed alsof hij zich zorgen maakte. 'Ik ben hier omdat ik naar jou verlang. Jij bent en blijft mijn grote liefde.' Zijn gevlei liet haar niet onberoerd, maar dat wilde ze natuurlijk niet laten merken. Dus bleef ze afstandelijk.

'Jij hebt mij in de steek gelaten voor een jongere, welstellendere vrouw', zei ze zakelijk.

'Dat was volslagen idioot!' riep hij gespeeld vertwijfeld.

'Dat besef je dan te laat', antwoordde ze droogweg.

'Je kent me toch, Cosima.' Zijn stem klonk doordringend. 'Als ik een doel voor ogen heb, is er geen weg terug. Je bent niet zo snel van me verlost. Ik zal namelijk bewijzen dat ik ben veranderd. En als je dat beseft, wie weet...' Hij knipoogde. 'Misschien sta je dan niet meer zo hardvochtig tegenover mij en mijn gevoelens.' Ze lachte spottend. 'Geef ons een kans!' drong hij aan. 'Eerst als vrienden. De rest komt vanzelf.' Hij stelde voor samen een wandeling te maken. 'Het zal je goeddoen. Je ziet er een beetje bleek uit.'

'Vind je dat gek met al die zorgen die ik heb?' vroeg ze geergerd.

'Ik zou die zorgen graag met je delen', zei hij huichelachtig. 'Maar helaas gaan ze me niets aan.'

'Toch wel', barstte ze uit. 'Ditmaal gaan ze je toch aan. Wij worden namelijk grootouders!'

Götz herinnerde zich Sandra Ostermeyer. Lukas had haar zelf aan hem voorgesteld. En hij was het helemaal eens met de keuze van zijn zoon.

'Onze zoon heeft smaak', zei hij tevreden. 'Dat moet ik hem nageven.' Toen deed hij alsof hij er halsreikend naar uitzag grootvader te worden. 'Ach, het is al zo lang geleden dat ik nog een baby in mijn armen heb gehad! Herinner je je nog de geur van onze kinderen als baby? Ze roken zo zuiver!' Cosima kon zich niet herinneren dat hij ooit veel interesse in zijn kinderen had gehad toen ze nog klein waren. 'Altijd weer diezelfde verwijten', klaagde hij. 'Dat zijn toch oude koeien uit de sloot.'

Götz slaagde er dan toch in zijn vrouw te overhalen samen te gaan wandelen. Ze waren nog maar net buiten toen hij beweerde dat hij zich plotseling herinnerde dat hij nog even naar kantoor moest bellen. In plaats daarvan belde hij Katja Heinemann en maakte haar duidelijk dat de kust veilig was. Daarna praatte hij verder met Cosima.

'Waarom vind jij het niet leuk dat je een kleinkind krijgt?' vroeg hij haar. 'Vind je jezelf nog te jong?'

'Zo ijdel ben ik al lang niet meer', zei ze ontwijkend.

'Wat is er dan aan de hand?' drong hij hardnekkig aan. 'Ik zie toch dat je er een probleem mee hebt. Kom op, vertel het me maar!'

'Het heeft niets met die baby te maken', zei ze bars. 'Maar de moeder van het kind... Zij behoort tot die bende klaplopers die zich in het Fürstenhof hebben genesteld. Ze leven hier al jaren een luizenleven!' Het was duidelijk dat ze de in haar ogen valse Saalfeldfamilie haatte.

'Je leeft alweer in het verleden', zei Götz. 'Dat brengt je geen stap vooruit. En trouwens, wat kan dat meisje eraan doen dat haar vader Werner Saalfeld is?' Hij had ondertussen al begrepen dat Sandra Ostermeyer de buitenechtelijke dochter van Werner Saalfeld was. 'Dat is niet rechtvaardig van je.'

'Het leven is voor mij ook niet rechtvaardig geweest!' reageerde ze.

'Net daarom hebben jullie zo veel gemeen!' Ook Sandra Ostermeyer was niet in een welgestelde familie opgegroeid. En ook zij had lang niet geweten wie haar echte vader was.

'Hoe weet jij dat allemaal?' vroeg Cosima verbaasd.

'Ik heb ook zo mijn bronnen', zei hij en hij keek haar uitdagend aan.

Katja nam ondertussen een kijkje in Cosima Saalfelds woning. Götz Zastrow had haar verteld dat er achter het portret van wijlen Ludwig Saalfeld een kluis verborgen zat. Maar dat was niet zo. Katja zocht de hele kamer af. Maar er was geen spoor te vinden van een kluis.

'En? Hebt u wat gevonden?' Götz stak zijn nieuwsgierigheid niet onder stoelen of banken toen hij Katja ontmoette in een hoek van de lobby.

'Nee...' zei ze aarzelend. 'Eigenlijk niet.'

'Was de kluis leeg?' vroeg hij verbaasd. 'Er moet toch iets in zitten?'

'Er is geen kluis', zei ze. 'In de hele woning is er geen kluis te vinden.'

'Ook niet achter het schilderij?' Ze schudde haar hoofd. Ze had niet alleen daar gekeken, ze had de hele woning grondig doorzocht. 'De feeks!' Götz begon luid te lachen. 'Ze probeert me wat wijs te maken. Maar daarvoor zal ze vroeger moeten opstaan.' Katja ergerde zich duidelijk. Maar hij legde haar uit dat hij het niet over haar had. 'U hebt me geweldig goed geholpen', zei hij. 'Dank u.'

Lukas had Rosalie bezocht in het verzorgingstehuis. Onderweg had hij nagedacht over Sandra's brief en hij had het raadsel bijna opgelost.

'Nu weet ik het zeker', zei hij in de serre tegen Sandra. 'Met de boze draak bedoel je mijn moeder.'

'Hoe kom je daarbij?' Geschrokken kromp Sandra ineen.

'Dat spreekt voor zich,' zei hij, 'zij is de enige van wie ik denk dat ze in staat is zich zo te gedragen als de boze draak in je brief.'

'Onzin!' protesteerde Sandra. 'Ik schreef toch maar wat.' En toen zei ze dat ze dringend de bloemen naar de hotelkamers moest brengen.

Charlotte en Werner hadden een crisisvergadering gehouden. Het ging nog altijd niet goed met het Fürstenhof. Ze konden de helft van het personeel eigenlijk met vakantie sturen. Er waren amper gasten. Enkele weken geleden hadden ze nog een bezettingsgraad van negenentachtig procent gehad. Maar sinds het salmonellaschandaal was dat verleden tijd.

'De hotelkeuken is belangrijker dan men denkt', zuchtte Charlotte. Ze konden zich allebei nog heel goed herinneren dat Robert ooit zijn eerste ster bijna verloren was. Ze hadden hun gasten met veel moeite kunnen terugwinnen. 'We moeten het opnieuw voor elkaar krijgen.' De keuken van het Fürstenhof moest opnieuw positief in de belangstelling komen. 'Maar hoe?' Ze dacht even na. 'Hoe zit het eigenlijk met dat kookboek van André en mevrouw Sonnbichler? Dat is toch klaar? Als we dat op de juiste manier verkopen...'

'Mijn broer en mevrouw Sonnbichler moeten eerst uitvechten wie er op de cover zal verschijnen', antwoordde Werner. 'Anders komt er niets van het boek.'

'Jammer.' Charlotte vond het een ideaal project. 'Als de uitgeverij het boek hier bij ons aan de pers voorstelt met een persconferentie waarop alle belangrijke persmensen zijn...' Het boek zou goede reclame zijn voor het Fürstenhof. 'We moeten iets bedenken om die twee eindelijk tot een oplossing te laten komen.' Werner had al verschillende malen willen bemiddelen. Maar zowel André als Hildegard was koppig. Geen van beiden gaf snel toe.

'Misschien...' Charlotte grijnsde. Ze had een idee...

Ze liet zowel de chef-kok als mevrouw Sonnbichler naar haar kantoor komen. De sfeer tussen hen was gespannen door het boek. Hildegard weigerde André alleen op de cover te laten verschijnen. En de chef-kok bleef erbij dat alleen hij die eer verdiende. Charlotte bood de beide kemphanen een derde mogelijkheid.

'We zetten een foto van het Fürstenhof vooraan op het boek', zei ze. Ze had er al met de uitgever over gesproken. 'Meneer Felsbach vindt het een geweldig idee. Veel mensen hebben het boek al vooraf besteld en hij heeft al een mogelijke sponsor voor een promotour. En dan hoeven jullie niet langer ruzie te maken.'

Charlottes plan werkte. André en Hildegard vonden het allebei ongehoord dat het Fürstenhof voordeel wilde halen uit hun werk. Mevrouw Sonnbichler wilde de chef-kok net voorstellen dat hij dan maar beter alleen op de cover stond, maar André was haar voor.

'Ik heb nog liever dat we samen op de cover staan dan dat het hotel erop komt te staan', zei hij.

'Dat vind ik een wijze beslissing', zei ze en ze onderdrukte een grijns. Ze had geluk gehad. In elk geval was dit probleem van de baan, het kookboek kon worden gedrukt. Charlotte was stiekem heel blij dat haar plannetje werkte. Ze leek bijna te genieten van zulke spelletjes. Terwijl ze dat bij Werner altijd vastberaden had afgekeurd...

19

Lukas zat in zijn kantoor toen zijn moeder binnenkwam.

'Wat wil je?' vroeg hij.

'Je mag driemaal raden. Het gaat natuurlijk om Sandra's zwangerschap.' Hij schrok en zijn gezicht betrok. 'Wees maar niet bang, ze heeft het me zelf verteld.'

'En wat vind je ervan dat je oma wordt?' vroeg hij een beetje onzeker. Cosima haalde haar schouders op.

'Je vader is in de wolken', zei ze toen. 'Ik daarentegen ben niet zo heel blij. Ik vind mezelf nog veel te jong om al grootmoeder te zijn.'

'Je hebt het niet altijd voor het kiezen in het leven', antwoordde hij droogjes.

'Ben je er wel zeker van dat het jouw kind is?' Lukas wierp haar een vijandige blik toe.

'Ik had het kunnen denken!' snauwde hij. 'Je bent hier niet om me te feliciteren. Je wilt gewoon alweer een wig drijven tussen Sandra en mij!'

'Lukas... Je begrijpt me verkeerd!' Maar hij was witheet van woede.

'Hou nu eindelijk op met je intriges!' riep hij. 'En vergeet die aandelen van Rosalie! Die geef ik in geen geval weg!' Hij had al het nodige daarvoor al ondernomen.

'Die aandelen... Daarom gaat het me toch niet', beweerde ze.

'En waarom verwijt je Sandra dan dat ze me het kind van een ander probeert aan te smeren?' vroeg hij boos.

'Het is toch logisch dat ik me die vraag stel?' reageerde ze. 'Ik wil alleen maar het beste voor je, Lukas. Geloof me, alsjeblieft!'

Die middag maakte Sandra een wandeling op de bergweide. Ze had Lukas geen brief mogen schrijven. Ten eerste had ze zo Cosima nog bozer gemaakt en ten tweede had hij nu door dat zijn moeder tussen hen in stond.

Plotseling merkte Sandra Cosima op. Lukas' moeder kwam naar haar toe gelopen. Haar nordic-walkingstokken wipten grassprietjes uit de bodem. Sandra voelde een angstgevoel langs haar rug omhoogkruipen. Ze wist heel zeker dat Cosima haar achtervolgde. Er was hier in de verste verte niemand anders te bespeuren, niemand die haar zou kunnen helpen. Ze begon te rennen.

'Sandra, wacht!' riep Cosima. 'Ik moet met u praten!' Sandra ging langzamer lopen. Ze mocht niet rennen. Voor haar hart. En de baby. Ze voelde een nordic-walkingstok op haar schouder. 'Wij hebben wat uit te praten.' Sandra verstarde. 'Ik doe u niets', zei Cosima. 'Geloof me. U hebt van mij niets meer te vrezen.' Sandra lachte spottend.

'Ik geloof u niet', zei ze. Ze kende Lukas' moeder ondertussen maar al te goed.

'Ik begrijp dat u boos bent', zei Cosima. 'Ik heb me niet altijd correct tegenover u gedragen. Maar ik hoop dat u me op een dag kunt vergeven.' Sandra kon haar oren niet geloven. 'Ik heb de laatste uren veel over u nagedacht', ging Cosima voort. 'En ik moet zeggen: ik bewonder u! Omdat u zo moedig bent uw kind te houden. Ik weet beter dan wie ook wat het is om hartproblemen te hebben. Ik zal u vanaf nu steunen bij alles wat u doet.'

'Betekent dat...' Sandra was helemaal in de war. 'U staat Lukas en mij dus niet meer in de weg?'

'Ik beloof het u', zei Cosima. 'Ik hoop dat u gelukkig met hem wordt.' Sandra staarde haar sprakeloos aan. 'Ditmaal kunt u me vertrouwen. Ik meen het.' Cosima legde een hand op Sandra's arm. 'Ik hou van mijn zoon. En ik ben heel blij dat hij de eerste van mijn kinderen is die zelf kinderen zal krijgen.'

'Goed.' Sandra's stem bleef koel klinken. 'Maar verwacht alstublieft niet dat ik u om de hals zal vallen.'

Tanja en Nils hadden inderdaad drie dagen vrijaf gekregen. Ze zouden diezelfde avond nog naar Venetië vliegen. Met zijn tweetjes. Fabien zou bij Michael blijven. De arts was blij dat hij enkele dagen kon doorbrengen met zijn zoon. De Sonnbichlers hadden beloofd indien nodig een handje toe te steken.

'Laat Fabien je niet om zijn vinger winden', zei Tanja waarschuwend. 'Je moet grenzen stellen. Hij heeft een beetje meer gezag nodig. Niet dat wij hem verwennen, maar...'

'Tanja!' Michael lachte. 'Je doet alsof je een jaar weg zult zijn. Kalmeer nu, het zijn maar een paar dagen.' Verlegen sloeg ze haar ogen neer. Ze werd er nerveus van dat ze zonder haar kind op vakantie zou gaan. Dat had ze nog nooit gedaan. En bovendien was het moeilijk geweest om Michael te vertellen dat Nils en zij zich weer met elkaar hadden verzoend en hun huwelijksreis wilde maken. Maar Michael had het nieuws dapper opgenomen. 'Maak je geen zorgen', zei de arts. 'Ik ben zijn vader en ik ken Fabien ondertussen bijna net zo goed als jij. Ik weet dus hoe ik met hem moet omgaan.'

'Dat weet ik wel', zei ze. 'Maar het is niet gemakkelijk hem achter te laten. Ook al vindt hij het heel leuk een paar dagen bij jou te mogen wonen.' Ze zou Fabien missen.

Lukas zat 's avonds met een paar documenten op de bank. Plotseling vloog de deur open en Sandra kwam binnen.

'Lukas! Het is voorbij!' Ze viel hem om de hals. 'Ik kan eindelijk weer met je samen zijn! Voor altijd! Niemand zal ons nog tegenhouden!' Hij was dolgelukkig.

'Wat is er dan gebeurd?' vroeg hij. 'Heb je de draak gedood?'

'Dat maakt niet uit!' Ze keek hem gelukkig glimlachend aan. Het enige wat telde, was dat ze weer samen waren. Ze hadden elkaar zo gemist. Ze kusten elkaar en wilden elkaar nooit meer loslaten.

Sandra sliep nog toen Lukas de volgende ochtend dromerig naar haar lag te staren. Eindelijk hadden ze weer samen de nacht doorgebracht. Zoals het altijd al had moeten zijn.

'Ik heb het gevoel dat ik word bekeken.' Sandra sloeg haar ogen op en glimlachte naar hem.

'Ik beken schuld', antwoordde hij grijnzend. 'Ik geloof vanaf vandaag in wonderen.' Tot gisteren had hij er geen flauw idee van gehad of het ooit nog goed zou komen tussen hen. 'Ik heb me zo hulpeloos gevoeld. En eenzaam. En nu... Nu lig je hier naast me. Zomaar. Alsof je nooit bent weggeweest.'

'Het is ook een wonder', stemde ze dolgelukkig met hem in en bekende dat zij zich net zo had gevoeld na hun breuk.

'Maar wat was nu in hemelsnaam de reden voor de breuk?' vroeg hij. Ze zweeg. En voor het eerst aanvaardde hij dat ze hem nooit de echte reden zou kunnen vertellen. Toen rinkelde zijn gsm. Götz belde Lukas op om hem te feliciteren met zijn aanstaande vaderschap. Hij stelde ook voor om met zijn vieren te ontbijten in het restaurant: Sandra, Lukas, Cosima en hij. Natuurlijk keek Sandra er niet bepaald naar uit om samen met Cosima aan één tafel te zitten.

Götz stond erop Cosima thuis op te halen. Hij wilde haar een beetje uitdagen. Hij bekeek geïnteresseerd het portret van Ludwig Saalfeld.

'Kom, laten we gaan ontbijten', zei ze nerveus.

'Ben je bang dat ik het schilderij van de muur wil halen of zo?' vroeg hij opvallend onschuldig.

'Hoezo?' vroeg ze.

'Om aan je kluis te kunnen', antwoordde hij. 'Die zit toch achter het schilderij, niet? Met de papieren waarin staat dat je je aandelen overdraagt aan Lukas...' Ze slikte zenuwachtig.

'Je krijgt de kluis toch niet open', zei ze.

'Daarin heb je gelijk.' Er lag een geheimzinnig lachje om Götz' mond.

Lukas verscheen alleen op de afspraak. Sandra liet zich verontschuldigen.

'Ze is een beetje misselijk.' Terwijl hij dat zei, kruiste Lukas' blik die van zijn moeder en ze besefte meteen dat Sandra gewoon niets met haar te maken wilde hebben.

'Jammer', zei Götz. 'Maar heel normaal in het begin van een zwangerschap.' Hij stak zijn glas omhoog. Hij had voor de gelegenheid een fles champagne besteld. 'Op onze familieuitbreiding! Op jouw geluk, mijn zoon! En op de toekomstige grootouders, al zijn we daarvoor nog een beetje te jong!' Hij knipoogde naar Cosima. Ze namen een slok. 'Dit is toch de ideale gelegenheid om onze zoon ook het andere goede nieuws te brengen', ging hij dan voort. Geïrriteerd fronste Cosima haar voorhoofd. 'Wel, hoe vrijgevig je tegenover hem bent.' Götz richtte zich rechtstreeks tot Lukas. 'Ze heeft namelijk een schenking voor je in petto. De aandelen van het Fürstenhof zijn voor jou.' Lukas staarde hem verbaasd aan. Zijn moeder verstarde. Hoe durfde Götz...

'Is dit een grap?' vroeg Lukas. 'Wil jij je aandelen aan mij overdragen?' Zijn moeder zocht wanhopig naar woorden.

'Ik hoop dat ik je verrassing niet heb bedorven?' vroeg Götz poeslief. Ze keek hem alleen maar woedend aan.

'Tot nu toe heb je alleen maar geprobeerd zelf zo veel mogelijk aandelen in handen te krijgen', ging Lukas verbaasd voort. Cosima had zichzelf ondertussen weer onder controle.

'Misschien is je moeder dan toch niet zo'n vreselijk mens als je altijd hebt gedacht', zei ze vleiend. 'Natuurlijk zijn die aandelen heel belangrijk voor me. Maar mijn zoon is nog veel belangrijker. Ik heb veel aan je te danken. Zonder jou had ik de afgelopen maanden met al die toestanden nooit doorgekomen.'

'En nu is er ook nog het nieuws van je vaderschap!' vulde Götz aan, die innerlijk triomfeerde. Natuurlijk had hij het spelletje van zijn vrouw door.

'Heb je nu geen reden om mij te bedanken?' zei Cosima.

'Dank je.' Lukas was te verrast om nog meer te kunnen zeggen. Opnieuw stak zijn vader zijn glas in de lucht.

'Op Cosima! Een niet alleen betoverende, maar ook vrijgevige vrouw.' Met een geforceerd glimlachje dronk ze van haar champagne.

Sandra zat ondertussen met haar vader in de woonkamer. Ze had Werner net verteld dat zij en Lukas Zastrow opnieuw samen waren. Werner keek haar verbaasd aan.

'Wees alsjeblieft gewoon blij voor me', smeekte ze. 'Zelfs al heb je wat tegen Lukas.'

'Dat is niet zo', antwoordde hij. 'Hij is tenslotte de vader van je kind.'

'Inderdaad.' Ze glimlachte. Ze was blij dat ze de zwangerschap nu samen met Lukas zou kunnen beleven.

Lukas vertelde haar even later dat zijn moeder van plan was hem haar aandelen van het Fürstenhof te schenken.

'Zomaar?' Haar stem verried duidelijk dat ze Cosima niet vertrouwde.

'Ik weet ook niet wat ze nu ineens heeft', gaf hij toe.

'Ik wil niet meteen het slechtste over je moeder denken, maar...' Sandra aarzelde, maar beet dan toch door. 'Zij en ik, wij zullen nooit vriendinnen worden.'

'Wie weet? Er gebeuren hier nu eenmaal de gekste dingen.' Maar ze had geen zin in grapjes.

'Ze schenkt je niet zomaar iets', zei ze overtuigd. 'Vroeg of laat vraagt ze jou, of ons, om een tegenprestatie.' Ze was er heel zeker van dat het zo zou gebeuren. 'Alleen al het idee bij haar in het krijt te staan...'

'Hé, wacht eens even.' Lukas legde sussend een arm om haar heen. 'Wat zou ze dan van ons willen?'

'Ik meen het', hield Sandra vol. 'Stel je voor dat het een valstrik is.' Hij fronste geërgerd zijn voorhoofd. Maar hij merkte dat haar bezorgdheid gemeend was. En dat zette hem aan het denken.

Eerst wilde Cosima haar zoon de gevangenis in draaien, omdat ze het niet leuk vond dat hij een relatie had met Sandra. En nu aanvaardde ze die relatie plotseling en wilde ze Lukas bovendien haar aandelen in het hotel schenken. Sandra, die intussen in de serre nieuwe bloemstukken aan het maken was, schudde haar hoofd. Goed, Cosima was veranderd sinds ze wist dat Sandra zwanger was. Maar ze zou niet al haar intriges laten varen, dat konden ze wel vergeten. Sandra wilde weten wat ze in haar schild voerde. De onzekerheid bezorgde haar meer angst dan Cosima's openlijke bedreigingen.

Michael was opgeroepen voor een noodgeval. Toevallig hield Kai Krone net pauze en hij stelde voor op Fabien te passen tot de arts terug was. Maar Katja lette niet goed op. Ze wees een gast de weg naar de boogschietbaan en liet Fabien daarbij even achter in het park terwijl hij rustig aan het spelen was. Toen ze terugkwam, was de jongen verdwenen.

Michael was razend toen hij het nieuws vernam. Fabien kon ondertussen verdwaald zijn in het bos of het dorp in gelopen zijn!

'Als mijn zoon iets is overkomen, dan sta ik niet voor mezelf in!' Hij liep in de richting van het hotel en riep ondertussen luid Fabiens naam. Ook Katja ging meteen weer op zoek naar het kind. Ze voelde zich verschrikkelijk.

Ze vond de jongen niet, en ook Michael had hem niet gevonden. De arts raakte stilaan in paniek. Als de jongen iets overkwam... Tanja zou het hem nooit vergeven.

Uiteindelijk ontdekte Charlotte de jongen op het terras van het hotel. Ze wist niet eens dat hij vermist werd.

'Wat doe jij hier?' vroeg ze en ze boog naar hem toe. 'Waar is je mama? Of je papa?' Fabien zweeg maar glimlachte naar haar. 'Ben je hier helemaal alleen?' Hij stopte zijn duim in zijn mond en keek haar verlegen aan. 'Kom maar met me mee, we zullen je mama zoeken.' Ze gaf hem een hand. 'Ze maakt zich vast zorgen omdat ze je niet vindt.' Charlotte wist niet dat Tanja en Nils Heinemann op huwelijksreis waren.

Ze liep naar de receptie en belde naar Tanja's gsm. Ze werd verbonden met de voicemail.

'Hallo, met Charlotte Saalfeld', zei Charlotte. 'Ik heb Fabien op het terras gevonden, helemaal alleen. Maar maak je geen zorgen, alles is in orde. Ik neem hem met me mee naar mijn kantoor. Daar kunt u hem ophalen.' Alfons kwam net aangelopen en ze vertelde hem wat er was gebeurd.

'Oei, dan zal Tanja heel erg schrikken als ze je boodschap hoort', vreesde hij. Zulk nieuws wilde niemand te horen krijgen tijdens een huwelijksreis in Venetië.

'Ik kan maar beter nog een keer bellen en haar geruststellen', zei Charlotte. Alfons was het met haar eens.

'En waar is de dokter eigenlijk?' vroeg hij toen. 'Hij zou voor de jongen zorgen.'

'Misschien is hij aan zijn wakend oog ontsnapt?' Charlotte beloofde Michael meteen op de hoogte te brengen.

‘Waar is hij?’ Niet lang nadat Charlotte hem had opgebeld, stormde Michael de lobby in. Ze hield hem tegen voor hij het kantoor in kon stormen.

‘Kalmeer eerst.’ Anders zou Fabien schrikken. ‘Kinderen zijn erg gevoelig.’ Hij bleef staan en haalde diep adem. ‘Ik weet hoe je je voelt’, zei ze meelevend. ‘Toen Alexander zo oud was als Fabien, is hij meer dan eens uit mijn zicht verdwenen. Maar alles is in orde met Fabien. Je hoeft je geen zorgen te maken.’ Michael glimlachte dankbaar naar haar. Daarna haalde hij zijn zoon op.

20

Cosima ijsbeerde door haar woning. Ze werd uit haar gedachten losgerukt door een klop op de deur

'Ja?' vroeg ze zenuwachtig. De deur ging open en Götz kwam binnen. 'Nogmaals heel erg bedankt!' zei ze koel.

'Ach, dat van daarstraks...' Hij deed alsof hij er veel spijt van had. 'Het spijt me dat ik zo voorbarig was. Ik wilde je verrassing niet verpesten. Ik was alleen onder de indruk van je vrijgevigheid.'

'Waarom kon je niet gewoon je mond houden?!' vroeg ze woedend.

'Alsjeblieft. Ik weet dat het zo niet was gepland, maar wat maakt het nu uit of Lukas het vandaag al weet of pas later? Je wilde hem die aandelen toch overdragen?' Ze keerde haar rug naar hem toe. 'Ik begrijp niet waarom je zo boos bent', ging hij voort. 'Lukas zou toch net hetzelfde reageren als hij het pas morgen of overmorgen zou vernemen.' Ze kon de duivelse glimlach op zijn gezicht niet zien. 'Onze zoon mag zich echt gelukkig prijzen met zo'n moeder als jij. Een vrijgevige, hartelijke vrouw, die haar aandelen met veel plezier afstaat om haar zoon...'

'Zwijg!' schreeuwde Cosima buiten zichzelf van woede. 'Al dat gezwets over vrijgevigheid en onbaatzuchtigheid! Besef je wel wat je me hebt aangedaan?!'

'Bedoel je...' Götz deed alsof hij oprecht geschokt was. 'Was dat verhaal over die schenking maar een verzinsel? Waarom? Wilde je me testen?' Hij had haar in de hoek geduwd. 'Ik had niet verwacht dat je me met open armen zou ontvangen...' Hij klonk vol zelfmedelijden. 'En ik geef toe dat ik niet zo lang niets van me had mogen laten horen...'

'Vijftien jaar!' snauwde ze hem toe, maar dat negeerde hij straal.

'Ik begrijp zelfs dat je aan mijn gevoelens voor je twijfelt. Ik moet je bewijzen dat ik het eerlijk met je meen.' Cosima lachte minachtend. 'Maar het kwetst me dat je over die aandelen liegt. Denk je echt dat ik een op geld beluste bedrieger ben die hier de hele tijd komedie speelt?' Ze slikte een beetje schuldig. 'Als je me zo wantrouwt, is een scheiding de enige juiste beslissing', ging hij bluffend verder.

'Tja... Misschien heb ik je onheus behandeld.' Maar hoe had ze anders moeten reageren. 'Wat had jij dan in mijn plaats gedaan? Als ik plotseling na vijftien jaar absolute stilte voor je neus stond en rouwmoedig beweerde dat ik waanzinnig veel van je hou en je terugwil.'

'Dan zou ik de gelukkigste man ter wereld zijn', loog hij. 'In elk geval zou ik je niet allerlei boosaardige plannen toedichten. Maar zand erover. Het spijt me van Lukas. Ik zal proberen het goed te maken. Dat beloof ik.'

Om Charlotte te bedanken dat ze Fabien had 'gered', nodigde Michael haar die avond thuis uit voor een etentje. Hij kookte zelf. Fabien lag al in bed toen ze kwam.

'Je hebt veel moeite gedaan...' zei ze en ze was onder de indruk.

‘Dat is toch het minste wat ik kan doen’, zei hij met een wegwuivend gebaar.

‘Maar het was echt niet nodig geweest’, antwoordde ze. ‘Iedereen in mijn plaats had hetzelfde gedaan.’

‘Ik ben blij dat Fabien bij jou in goede handen was.’ Ze glimlachte gevleid en keek hem een beetje te lang in de ogen. Hij merkte niets, maar zij besefte dat ze moest uitkijken. Haar gevoelens voor hem waren nog lang niet verdwenen.

‘Die arme Tanja’, zei ze dan maar. ‘Ik heb haar onnodig doen schrikken met mijn telefoontje.’ Hij wuifde haar opmerking weg. Hij had Tanja meteen een sms gestuurd om te zeggen dat alles in orde was. Ze had hem nog niet gebeld. ‘Misschien heeft ze geen bereik.’

‘Of haar huwelijksreis is zo ontspannend dat ze haar rust niet wil verstoren.’ Charlotte keek hem onderzoekend aan. Ze kon aan zijn gezicht echter niet zien wat hij ervan vond dat Tanja en Nils Heinemann op huwelijksreis waren.

Michael had ondertussen een tweede fles wijn geopend. Plotseling werd er hevig op de deur geklopt. Charlotte en hij keken elkaar vragend aan. Wie kon dat zijn?

Het was Tanja. Ze stormde compleet van streek de woning in en gunde Charlotte amper een blik. Ze was gekomen om Michael eens flink de waarheid te zeggen. Toen ze eenmaal wist wat er was gebeurd, had ze in Venetië niet meer rustig kunnen genieten. Ze had onmiddellijk naar huis gewild.

‘Het is toch echt triest dat ik je niet eens vierentwintig uur alleen kan laten met dat kind!’ riep ze boos.

‘Er is toch niets ernstigs gebeurd!’ verdedigde Michael zich.

‘Ik ben me bijna dood geschrokken’, verweet ze hem. ‘Fijne vader ben je!’ Charlotte stond op.

'Misschien is het beter dat ik ga.' Michael wilde haar tegenhouden, maar ze liet zich niet overtuigen. 'Bedankt voor het lekkere eten.'

'Was dat nu echt nodig?' vroeg de arts woedend nadat Charlotte de deur uit was.

'Heb jij er enig idee van hoe iemand zich voelt na zo'n boodschap?' reageerde het kamermeisje. 'En absoluut machteloos staat?'

'Nogmaals: er is niets gebeurd. Fabien slaapt lekker. Als hij na jouw geroep tenminste nog slaapt.' Ze stond er echter op haar zoon meteen mee naar huis te nemen.

Nils zat ondertussen al met Katja en Ben in de keuken. Hij was gefrustreerd. Het hotel in Venetië was een ramp geweest, ze hadden na één nacht een ander hotel gezocht. Toen ze eindelijk iets geschikts hadden gevonden dat ook betaalbaar was, had Tanja Charlotte Saalfelds boodschap op haar voicemail gehoord.

'We hebben het hotel dus meteen weer verlaten en zijn halsoverkop naar de luchthaven vertrokken. Dat is de samenvatting van onze huwelijksreis.' Nils zuchtte. Tanja was vreselijk boos geweest en had Michael voortdurend vervloekt en gezegd dat men hem Fabien geen seconde kon toevertrouwen. 'Die Niederbühl kan me voorlopig maar beter niet tegen het lijf lopen.'

'Hij kan er niets aan doen', zei Katja beteuterd. 'Hij werd opgeroepen voor een noodgeval. Ik heb toen Fabien heel even uit het oog verloren en toen was hij ineens weg.' Nils staarde zijn zus verbijsterd aan. Dus deze hele toestand hadden ze aan haar te danken?

Maar hij was ook boos op Tanja. Hij vond haar reactie overdreven.

'Wat moet ik dan doen als Michael niet in staat is om op zijn zoon te passen?' verdedigde het kamermeisje zich. 'Het is toch mijn plicht als moeder erop toe te zien dat alles goed verloopt, niet?'

'Natuurlijk', antwoordde hij boos. 'Maar zo had ik me mijn huwelijksreis niet bepaald voorgesteld.'

'Nogmaals, als Fabien ook maar iets was overkomen terwijl ik in Italië pizza zit te eten...' Tanja zou nooit van haar leven nog vrolijk hebben kunnen zijn.

'Het is al goed', zei hij zuchtend.

'Nee, dat is het niet', sprak ze hem tegen. 'Want jij vindt dat we in Venetië hadden moeten blijven. En ik had net van jou meer begrip verwacht. Je bent tenslotte mijn man. En Fabiens stiefvader! Je bent dus ook verantwoordelijk voor hem.'

'Dat spreek ik toch ook niet tegen', kreunde Nils.

'Maar jij was liever langer in Italië gebleven', herhaalde ze.

'En dat is niet gebeurd!' Nu verloor hij werkelijk zijn geduld. 'Want supermama moest absoluut naar haar kind toe. Terugkomen was totaal onzinnig. Er was absoluut geen reden om onze vakantie te onderbreken. Fabien voelt zich perfect!'

'Je wilt me niet begrijpen, hé?' vroeg ze teleurgesteld.

'Jawel.' Hij had gedaan wat ze had gevraagd. 'En nu krijg ik nog verwijten ook? Geweldig!'

Sandra en Lukas lagen in bed en knuffelden elkaar verliefd.

'Ik heb daarstraks met Simon gepraat', vertelde ze. 'Morgen werken we samen verder aan de schnaps.' De afgelopen tijd was ze daar veel te droevig voor geweest. 'Maar nu ik geen reden meer heb om te treuren...' Ze gaf Lukas een liefdevolle kus.

'En ik heb echt een tijdje gedacht dat jullie een stel waren.' Hij keek haar gespeeld streng aan.

'Het spijt me.' Ze kon heel goed begrijpen dat het idee alleen al Lukas slapeloze nachten had bezorgd. 'Ik maak het weer goed', beloofde ze.

'Als jouw neef er niet was geweest...' Dan zou Lukas het Fürstenhof hebben verlaten. 'Dan had ik nooit geweten dat je nog van me houdt en zelfs een kind van me verwacht.' Ze waren Simon wel wat verschuldigd. Het was vooral aan hem te danken dat ze weer samen waren.

De volgende ochtend ging Lukas naar Simon. Hij stond erop Sandra's neef nog een keer persoonlijk te bedanken.

'U hebt voor Sandra en mij Cupido gespeeld', zei hij. Simon had natuurlijk al van Sandra gehoord dat de twee weer samen waren. 'Zonder u was ik hier niet meer.' Lukas keek Simon dankbaar aan. 'Ik weet dat u me niet echt mag...' Simon haalde zijn schouders op en glimlachte.

'Maar Sandra ligt me wel na aan het hart', zei hij. 'En als zij gelukkig is... Ik hoef niet met u samen te leven.' Ze keken elkaar grijnzend aan. Lukas vond Simon steeds sympathieker. Hij stelde dan ook voor dat ze vanaf nu elkaar zouden aanspreken met 'je'. Simon was het er meteen mee eens.

Cosima had zich voorgenomen nog een keer met Lukas te praten. Ze wilde het hebben over de zogenaamde schenking van de hotelaandelen, waarover Götz had gesproken. Ze beweerde gewoonweg dat haar belastingadviseur haar had afgeraden de aandelen over te dragen aan Lukas.

'We moeten de zaken anders aanpakken. In verband met belastingen.' Lukas kon een grijns niet onderdrukken. Natuurlijk had hij meteen door dat ze Götz' bewering ongedaan wilde maken.

'Je hoeft me niets uit te leggen', zei hij. 'Ik wil die aandelen niet. Sandra en ik redden het ook wel zonder jouw hulp. Maar toch bedankt voor het vrijgevige aanbod.' Ze kon haar opluchting niet verbergen.

Meteen na het gesprek met haar zoon zocht ze Götz op in zijn hotelkamer. Hij deed alsof hij nog altijd diep gekwetst was.

'Ik weet dat je woedend op me bent', zei Cosima sussend. 'Je hebt er ook alle reden toe. Het spijt me echt dat ik je onrecht heb aangedaan.' Hij knikte alleen maar. 'Bovendien wilde ik je vertellen dat die kwestie met Lukas zich vanzelf heeft opgelost. Hij wil de aandelen niet.' Götz keek haar stomverbaasd aan. 'Dat heb ik waarschijnlijk aan zijn vriendinnetje te danken. Ze is niet echt dol op me, zoals je al weet. In elk geval... Ik wil het goedmaken met je en heb daarom kaartjes voor de opera voor ons gekocht. Voor vanavond.' Götz was vroeger dol op opera geweest, dat wist ze nog.

'Dat zal niet gaan', antwoordde hij kortaf. Ze keek hem verrast aan. 'Na je ontvangst met alle verwijten en beschuldigingen denk ik dat we het verleden beter laten rusten. Ik vertrek.' Hij wees naar zijn koffer, die op het bed lag en die bijna gevuld was. Cosima slikte. Dat hij vertrok, dat hij haar zo snel weer zou verlaten... Daarop had ze echt niet gerekend.

Charlotte had Alfons toevertrouwd dat haar oude gevoelens voor Michael weer de kop op hadden gestoken. Het dinertje gisteravond was een vergissing geweest. Nu verlangde ze weer naar hem, terwijl ze wist dat hij van Tanja hield.

Tot groot ongenoegen was ze die ochtend ook nog onvrijwillig getuige van een ontmoeting tussen Tanja en Michael.

De twee waren elkaar tegengekomen bij de achteringang van het hotel. Michael wilde dat Tanja zich verontschuldigde.

'Ik begrijp dat je je zorgen maakte', zei hij. 'Maar dat je als een furie mijn woning in stormt, ons kind meeneemt en me in het bijzijn van Charlotte allerlei verwijten naar mijn hoofd slingert, dat gaat te ver.'

'Wie heeft er niet goed op Fabien gepast?' vroeg Tanja ontoegeeflijk.

'Ik geef toe dat er iets is misgelopen...'

'Inderdaad!' onderbrak ze hem. 'En daarom heb ik niet alleen mijn huwelijksreis moeten onderbreken, maar heb ik ook vreselijke ruzie met Nils. Ik moet me helemaal niet verontschuldigen bij jou. Voor niets!' Michael kon zichzelf niet langer inhouden. Hij had niet door dat ondertussen Charlotte achter zijn rug opdook.

'Waarom heb ik in hemelsnaam mijn relatie met Charlotte, een volwassen, slimme vrouw, voor jou opgegeven?' schreeuwde hij. 'Jij bent zo onvolwassen en...' Tanja had natuurlijk mevrouw Saalfeld wel al lang gezien.

'Keer dan maar snel terug naar je Charlotte', zei ze strijdlustig. 'Hup, daar staat ze. Ga maar!' Michael draaide zich overrompeld om en keek Charlotte recht in de ogen. Hij slikte. En zij voelde zich al net zomin op haar gemak. Het was niet haar bedoeling geweest de twee af te luisteren. Maar wat hij zonet had gezegd... Ze kreeg weer een heel klein beetje hoop...

Ook verkrijgbaar in deze reeks:

Verscheurd door emoties
ISBN 978 94 014 0598 0

Een droom komt uit
ISBN 978 94 014 0599 7

Gevaarlijk spel

ISBN 978 94 014 0600 0

Bittere ontgoocheling

ISBN 978 94 014 0601 7

Een zware fout

ISBN 978 94 014 0631 4

Tussen liefde en verdriet

ISBN 978 94 014 0632 1

De kracht van liefde
ISBN 978 94 014 1008 3